Gustav Hartenstein

Darstellung der Rechtsphilosophie des Hugo Grotius

Anatiposi

Gustav Hartenstein

Darstellung der Rechtsphilosophie des Hugo Grotius

Unveränderter Nachdruck der Originalausgabe von 1850.

1. Auflage 2023 | ISBN: 978-3-38240-140-5

Anatiposi Verlag ist ein Imprint der Outlook Verlagsgesellschaft mbH.

Verlag: Outlook Verlag GmbH, Zeilweg 44, 60439 Frankfurt, Deutschland
Vertretungsberechtigt: E. Roepke, Zeilweg 44, 60439 Frankfurt, Deutschland
Druck: Books on Demand GmbH, In de Tarpen 42, 22848 Norderstedt, Deutschland

DARSTELLUNG

DER RECHTSPHILOSOPHIE

DES

HUGO GROTIUS

VON

GUSTAV HARTENSTEIN.

Aus dem ersten Bande der Abhandlungen der philologisch-historischen Classe der
Königlich Sächsischen Gesellschaft der Wissenschaften.

LEIPZIG

WEIDMANNSCHE BUCHHANDLUNG.

1850.

DARSTELLUNG

DER

RECHTSPHILOSOPHIE DES HUGO GROTIUS

VON

G. HARTENSTEIN.

Wenn man den Hugo Grotius häufig den Vater der neueren Natur-
rechtslehren genannt hat, so konnte damit zweierlei gesagt werden sollen; entweder dass er der neueren Zeit zuerst den Gedanken der Wichtigkeit philosophischer Untersuchungen über das Recht zum Bewusstsein
gebracht, oder auch, dass er diesen Untersuchungen eine Richtung gegeben habe, welche weiter verfolgt zu der Gestaltung der Rechtsphilosophie führen musste, die man vorzugsweise mit dem Namen des Naturrechts bezeichnete. Jene Anregung rechtsphilosophischer Untersuchungen kann ihm jedoch wenigstens nicht ausschliesslich zugeschrieben werden. Denn nicht nur politische Fragen waren zu Ende des 16. und zu
Anfang des 17. Jahrhunderts vielfach und nicht bloss von Jean Bodin, den
Grotius selbst nennt *), erörtert worden, sondern lange bevor Bacos viel-
seitiger Blick das Bedürfniss einer *philosophia civilis* erkannt hatte, indem er den Juristen vorwarf, dass sie wie Gefesselte sprächen (*tanquam
e vinculis sermocinantur*), hatten Johann Oldendorp und Nicolaus Hemming
auch Versuche einer systematischen Darstellung der philosophischen
Rechtslehre gemacht, denen zehn Jahre vor dem ersten Erscheinen der
Schrift des Grotius Benedict Winkler gefolgt war **). Ob man aber die
Arbeit des Grotius für das erste Glied einer Reihe rechtsphilosophischer
Versuche erklären dürfe, die durch eine directe Entwickelung der in ihr
aufgestellten Grundsätze zu der Lehre geführt wurden, welche das acht-
zehnte Jahrhundert als sogenanntes Naturrecht jedem positiven Rechte ge-
genüberstellte, das zu entscheiden verlangt eine genauere Vergleichung
der Anfangs- und Endpunkte jener Reihe, als welche gewöhnlich ange-
stellt worden ist. Dass sowohl Grotius als die Späteren das vernünftige, von jeder äusseren Autorität unabhängige Denken für das Mittel er-

---

*) *De iure belli et pacis,* Proleg. § 57.

**) Vergl. C. v. Kaltenborn, die Vorläufer des H. Grotius auf dem Gebiete des ius
naturae und gentium u. s. w. Lpz. 1848.

klärten, durch welches es möglich sein müsse, über die Frage: was recht sei, ins Reine zu kommen; dass sie also (wenn man für nöthig hält, die Vernunft gleichsam zu personificieren) diese für das positive Mass des Rechtsbegriffs und seiner Anwendungen erklären, ist dabei nicht das Entscheidende: ohne dieses Vertrauen zu dem vernünftigen Denken hört jede Untersuchung über das Recht auf eine philosophische zu sein und verwandelt sich in den gedankenlosen Gehorsam gegen irgend eine äussere Autorität, sei es nun eine theologische oder eine historische. Das Entscheidende für jene Vergleichung müsste vielmehr in dem Inhalte dessen gesucht werden, was Grotius und die Späteren für das eigentliche Wesen des Rechts, für die Grundlage und Quelle aller Rechtsbestimmungen ansehen. Eine solche Vergleichung dürfte aber leicht zu dem Resultate führen, dass die Späteren nicht sowohl die Principien des Grotius weiter entwickelten, sondern sich vielmehr gleichsam an Stellen anbauten, die er leer oder unbewacht gelassen hatte, und dabei in eine Richtung hineingeriethen, die der Denkart des Grotius immer fremdartiger wird und nur da Anknüpfungspunkte an ihn übrig lässt, wo wir ihn selbst schwankend und unsicher finden.

In dieser Beziehung mag eine kurze Erinnerung an die Hauptumrisse der naturrechtlichen Lehren erlaubt sein, wie wir sie in der kantischen Periode vollständig ausgebildet finden. Der oberste Grundbegriff des Naturrechts ist hier der der angeborenen und unveräusserlichen Rechte; unabhängig von jeder bestimmten Willensäusserung, ja von jeder Beziehung zu anderen Vernunftwesen sollte jeder Einzelne kraft seines blossen Daseins gewisse Urrechte besitzen. Diese Behauptung «angeborener», «absoluter» Rechte stützte sich wesentlich auf die Abstraction nicht nur von jedem bürgerlichen und politischen, sondern auch von jedem geselligen Zustande, und es galt zugleich für eine wesentliche Aufgabe der Wissenschaft, diese Abstraction möglichst streng festzuhalten, um zu bestimmen, welche Rechte jeder unabhängig von der Beziehung auf andere schon habe und in die geselligen Verhältnisse mit hinein bringe. Welche freilich diese absoluten Rechte seien, darüber waren und blieben die Meinungen ihrer Vertheidiger fortwährend getheilt: bezeichnend ist, dass man mit der weiteren Ausbildung der naturrechtlichen Theorien die Zahl der Urrechte immer mehr beschränkte, so dass Kant nur ein einziges, die äussere Freiheit, kennt. Natürlich; denn ist die Person als wollen könnend, schon kraft dieser

Möglichkeit, ohne irgend einen Vorgang, der sie in ein bestimmtes Verhältniss zu anderen setzte, Besitzer und Träger gewisser Rechte, so ist die ungehemmte Äusserung ihres Wollens, also die äussere Freiheit selbst das angeborene Urrecht. Nur gelangt man von diesem Begriffe aus nicht zu den Formeln, welche Kant und Fichte an die Spitze des Naturrechts stellen. Die wahre Consequenz wäre der Satz des Hobbes und Spinoza: was jeder will und durchsetzen kann, das darf er; wenn dagegen Kant*) das «allgemeine Princip des Rechts» in dem Satze ausspricht: «eine jede Handlung ist recht, die oder nach deren Maxime die Freiheit der Willkür eines Jeden mit Jedermanns Freiheit nach einem allgemeinen Gesetze zusammen bestehen kann», und Fichte**) die Formel des Rechtsgesetzes schärfer dahin bestimmt: «beschränke deine Freiheit durch den Begriff der Freiheit aller übrigen», so ist nicht abzusehen, wie mit der Freiheit als dem Urrechte die Beschränkung dieser Freiheit soll vereinbar sein. Wenn aber überdies Fichte die Freiheit «als das Recht in der Sinnenwelt nur Ursache zu sein» bis zu der Behauptung einer «unendlichen Berechtigung» steigert, gleichwohl aber die gänzliche Unbestimmtheit dieser «unendlichen» Berechtigung ihn zu dem Geständnisse nöthigt, dass es keine angeborenen und ursprünglichen Rechte auf «irgend etwas» gebe, dass vielmehr das «eigentliche Menschenrecht» nur «in dem Rechte eines Jeden auf die Voraussetzung aller Menschen bestehe, dass sie mit ihm durch Verträge in ein rechtliches Verhältniss kommen können», also in «der Möglichkeit, sich Rechte zu erwerben», während «jedes positive Recht auf etwas auf einen Vertrag sich gründe»***), — so liegt darin eine solche Verflüchtigung des Werths und der Bedeutung des angeborenen Rechts, dass der Begriff desselben sich als ein ganz inhaltloser und entbehrlicher erweist †).

---

*) Rechtslehre, Einleit. § C.

**) Grundl. d. Naturr. I, § 8 (Werke III, 92).

***) Fichte, Grundl. d. Naturr. II, §. 22 (Werke III, 382 f.).

†) Ähnlich sagt P. A. Pfizer (Gedanken über Recht, Staat und Kirche Bd. I, S. 39): «Geht man von dem Begriff des Menschen als rechtsfähiges Wesens aus, so ist sein unveräusserliches Recht oder Urrecht, das Recht, unter dem Rechtsgesetze zu stehen und nach dem Rechtsgesetze behandelt zu werden. Dieses Urrecht fasst alle anderen Rechte in sich». Also das Recht, welches dem Menschen wirklich angeboren ist, ist die blosse Möglichkeit Rechte zu erwerben! Durch die Versicherung, dass dieses Urrecht alle anderen Rechte in sich enthalte, wird der Mensch an Rechten nicht reicher als der Arme durch die Träume von den Schätzen, die er möglicherweise bekommen kann.

Dahin gieng nun freilich ursprünglich die Absicht der Schule keineswegs; im Gegentheil glaubte man an den angeborenen Rechten einen werthvollen Besitz, namentlich einen Schutz gegen die mancherlei unter Umständen lästigen Bestimmungen positiver Rechtszustände zu haben. Dass die angeborenen Rechte gleich seien, verstand sich von selbst; der Name Mensch, der Begriff der Persönlichkeit gab davon jedem gleichviel. Aber sie sollten auch unverlierbar und unveräusserlich sein; zwar nicht factisch, — denn von der angeborenen Rechtsgleichheit zeigte die Wirklichkeit oft nur kümmerliche Reste, — aber rechtlich; jeder fremde Wille, der sie antastet, war rechtswidrig, selbst wenn er mit Einstimmung des Inhabers der angeborenen Rechte gehandelt hätte. Seine angeborenen Rechte selbst dann wieder geltend zu machen, wenn er ausdrücklich darauf Verzicht geleistet hätte, steht jedem in jedem Augenblicke frei; sie sind überhaupt eine unverrückbare Grenze für alle positiven Rechtsbestimmungen, welche ihnen zuwiderlaufen; denn wie die letzteren auch entstanden sein mögen, dem verletzten Naturrecht gegenüber sollte ihnen jede Berechtigung fehlen.

Trat durch diese Sätze das Naturrecht mit dem positiven Rechte in einen Gegensatz, der consequent festgehalten zu einem unauflösbaren Conflicte werden musste, so näherte es sich andererseits dem positiven Rechte dadurch, dass es alle Rechte schlechthin für erzwingbar erklärte. Recht und Zwang treten ganz einfach als Correlatbegriffe auf, dergestalt, dass ein Recht besitzen und dasselbe durch Zwang geltend machen dürfen eines und dasselbe bedeute und eben so keine Befugniss auf den Namen eines Rechts Anspruch machen könne, zu welcher es keine Befugniss gebe, sie durch Zwang durchzusetzen. Zwang nämlich, als Verhinderung eines Hindernisses der Freiheit (des Urrechts) müsse nothwendig selbst Recht sein; mithin sei die Befugniss, den, der dem Rechte Abbruch thut, zu zwingen, mit dem Rechte nach dem Satze des Widerspruchs verknüpft*). Da auf dem Gebiete der absoluten Naturrechte jeder Einzelne mit seinem Rechte völlig isoliert steht, so musste die Frage, wem die Befugniss zum Zwange zustehe, auch zu

____

*) Kant, Rechtsl. Einleit. § D. E. Fichte, Naturr. I, § 4 (Werke III, 54): «Auf dem Gebiete des Naturrechts hat der gute Wille nichts zu thun; das Recht muss sich erzwingen lassen, wenn auch kein Mensch einen guten Willen hätte, und darauf geht eben die Wissenschaft des Rechts aus, eine solche Ordnung der Dinge zu entwerfen. Physische Gewalt und sie allein giebt ihm auf diesem Gebiete die Sanction».

Gunsten jedes Einzelnen beantwortet werden; er selbst darf zunächst sein Recht erzwingen; aber da das Recht auch als «die Möglichkeit eines mit Jedermanns Freiheit nach allgemeinen Gesetzen zusammenstimmenden durchgängigen wechselseitigen Zwanges vorgestellt wurde», so durfte jeder Einzelne nicht nur seine eigenen, sondern auch fremde Rechte durch Zwang schützen*); ja jeder darf sogar jeden Anderen nöthigen, mit ihm in eine bürgerliche Verfassung zu treten**). Die rohen Begriffe eines Gundling über den Umfang des Rechts zu zwingen und die Art seiner Anwendung, welche den Juristen Hugo veranlassten, dieses Naturrecht eine Todschlagsmoral zu nennen, sind in der kantischen Schule keineswegs verschwunden; man vermied nur so auffallende Beispiele zur Erläuterung anzuwenden, als Gundling mit einer gewissen Behaglichkeit anführt***). Der Gewinn, den man durch diese enge Verknüpfung zwischen Recht und Zwang zu machen glaubte, lag übrigens hauptsächlich in der gänzlichen Absonderung der Rechtslehre von der Sittenlehre; den dabei unvermeidlichen Verlust, dass der Rechtsbegriff der Form seiner Gültigkeit nach in dieselben Grenzen eingeschlossen wurde, auf welche der Staat ihn beschränkt, schlug man nicht hoch an; war doch der Staat selbst als blosse Rechtsgesellschaft diesem Naturrechte nichts als eine auf die Realisirung der allgemeinen Freiheit eingerichtete Zwangsanstalt.

Die angeborenen Rechte waren jedoch wenigstens nicht die ein-

----

*) Kant, Rechtsl. Einl. § E.   Hufeland, Lehrb. d. Naturr. 2. Aufl. § 102: «Jeder Mensch hat das Recht, seine und anderer vollkommene Rechte durch Zwang zu erhalten». Vergl. ebendas. § 115.

**) Kant, Rechtsl. § 8.   In diesem Punkte ist Fichte besonnener, für ihn giebt es «kein Zwangsrecht ohne ein Recht des Gerichts» (Werke III, 95). Das Recht zu zwingen ist ihm ein bedingtes und begrenztes.

***) Hufeland a. a. O. § 120 scheut sich nicht, seine Aufzählung dessen, worauf der Einzelne ein absolutes Zwangsrecht habe, auf den Satz zu gründen: «Recht zum Zwecke schliesst Recht zu Mitteln in sich». Man muss den ganzen Abschnitt im Einzelnen durchgehen, um die gedankenlose Leichtfertigkeit zu bewundern, mit welcher man damals allgemeine Sätze hinstellte, die in dieser Allgemeinheit praktisch angewendet jeden Augenblick zu dem schnödesten Unrecht führen müssten. Er schliesst § 140 mit dem Satze: «Ein Theil der Zwecke geht auf den Genuss der Glückseligkeit. Ich halte also jeden durch Zwang ab, der mir Glückseligkeit oder die Mittel dazu rauben oder ihre Erwerbung erschweren will». §. 144 heisst es: «jeden der sich mehr ursprünglich vollkommene Rechte gegen mich anmasst, als nach meiner Überzeugung allen zukommen, darf ich mit Zwang zurücktreiben».

zigen, welche das Naturrecht kannte. Dass ausdrückliche Willenserklärungen, Zugeständnisse und Versprechen Rechte und Pflichten erzeugen, wo vorher dergleichen nicht vorhanden waren, dass Urkunden und
Gesetze, als Zeugen solcher Willenserklärungen, Rechtstitel gewähren,
die sich nicht auf die allgemeine Natur des Menschen, sondern auf bestimmte Vorgänge und Verhältnisse gründen, das konnten selbst die
entschiedensten Vertheidiger der angeborenen Rechte nicht übersehen.
Es giebt also neben den ursprünglichen und «absoluten» auch erwor-
bene und «hypothetische», somit auch übertragbare und veräusserliche
Rechte. Nur sollte die Erwerbung der letzteren nicht bloss auf gegenseitigen Willenserklärungen, auf Verträgen, sondern auch auf «einseitiger
Willkür», auf Occupation beruhen können*), so jedoch, dass durch
die letztere nur Rechte auf Sachen, nicht auf Personen erworben werden können. Um das Recht aus der Occupation zu begründen, hatten
die älteren Lehrer des Naturrechts bisweilen den blossen *animus habendi*
für ausreichend erklärt; schon durch ihn sollten gewisse Sachen aus
der *communio bonorum primaeva* herausgehoben und in das Eigenthum
des Occupierenden gebracht werden können; meistentheils forderte man
jedoch gewisse Handlungen und Zeichen, an denen sich die Occupation
wenigstens erkennen lasse; das Zueignungsrecht und zwar auf Grund
einseitiger Willkür blieb aber ein ursprüngliches Recht, gleichviel
ob man es mit Kant einfach für ein Postulat der praktischen Vernunft

---

*) Kant, Rechtsl. § 8: «Wenn ich (wörtlich oder durch die That) erkläre, ich
will, dass etwas Äusseres das Meine sein solle, so erkläre ich jeden Anderen für verbindlich, sich des Gegenstandes meiner Willkür zu enthalten». Hufeland § 212
Anm.: «Alle erworbenen Rechte erfordern zu ihrer Wirklichkeit ausser dem ursprünglichen Rechte sie zu begründen, noch Willkür eines oder mehrerer Menschen».
§ 219—233. «Von vielen Sachen kann mancher Gebrauch (als Mittel zu gewissen
Zwecken) nicht anders gemacht werden, als wenn sie jemand ausschliessend ge-
braucht. Da jeder Mensch nun vermöge seiner Persönlichkeit Zwecke haben, und dazu
allerhand (!) Mittel gebrauchen darf, so hat er auch ein Recht, diese Sachen ausschliessend zu gebrauchen. . . Jeder Mensch hat demnach ein Recht sich Eigenthum
zu erwerben (Zueignungsrecht). Der Rechthabende beurtheilt seine Zwecke, folglich
auch, was ein Mittel für dieselben sein könne und wie es dies sein könne, und also
ebenfalls, was er für sein Eigenthum halte. Demnach beruht die ganze Beurtheilung
der Rechte des Eigenthümers im Naturzustande auf der Einsicht des Rechthabenden».
§ 225: «Der Grund des Eigenthums beruht eigentlich auf der Vorstellung des Berechtigten, dass eine Sache sein Gut sei» u. s. w.

erklärte *), oder sich dabei auf den Satz berief, dass das Recht zum Zwecke auch Recht zu den Mitteln gebe **). Diese ganze vielfach schwankende Lehre von der Occupation war aber zuletzt doch nur ein Erbstück aus dem römischen Rechte, wobei man nur vergass, dass dort der Satz: *res nullius cedit primum occupanti* eine anerkannte und festgestellte Rechtsregel war, während das Naturrecht ihm unabhängig von einer solchen gesellschaftlichen Anerkennung Gültigkeit beilegte. Es könnte überhaupt gefragt werden, ob gerade dieser Satz mit dem Geiste jenes Naturrechts verträglich sei; wenigstens meint Kant, im Naturzustande gebe es überhaupt nur ein provisorisches, kein peremtorisches Mein und Dein; Fichte aber gründet, obwohl es im Begriffe der Persönlichkeit liege, dass die Person irgend etwas ihren Zwecken unterordne, das Eigenthumsrecht ganz und gar auf gegenseitige Anerkennung, auf die Vereinigung mehrerer Willen zu einem Willen ***).

Rücksichtlich der Verträge war für das Naturrecht nicht sowohl die allgemeine Möglichkeit, Verträge zu schliessen und durch sie Rechte zu übertragen, Gegenstand der Frage, als vielmehr der Grund ihrer Verbindlichkeit. Kant erklärte die Frage: warum soll ich ein Versprechen halten? für schlechthin unbeantwortlich, und die «jedem von

---

*) Eine Maxime nämlich, nach welcher, wenn sie Gesetz würde, ein Gegenstand der Willkür herrenlos werden müsste, erklärt Kant für rechtswidrig (Rechtsl. § 2).

**) S. die so eben aus Hufeland angeführten Stellen. Hoffbauer, Naturr. 4. Aufl. § 119 sagt: «Wenn ich eine Sache occupiere, so erwerbe ich das Eigenthum derselben und zwar durch Zueignung. Denn indem ich Besitz von einer Sache ergreife und die Absicht habe, sie zu der meinigen zu machen, mache ich von ihr als einer herrenlosen Sache einen Alleingebrauch. Dieser Alleingebrauch hört aber nicht auf, wenn ich nicht mehr im Besitze der Sache bin. Jeder, der von ihr einen Alleingebrauch wider meinen Willen machen wollte, würde mich daher im Gebrauche meiner Sache hindern, zu dem ich doch ein Recht habe». Der Sprung von dem Factum des Zugreifens zu dem Rechte aus diesem Zugreifen ist hier recht augenscheinlich. Das «denn» ist nichts als die Wiederholung derselben Versicherung.

***) Kant, Rechtsl. § 15. Fichte, Naturr. I, § 12 (Werke III, S. 120 fg.). Die Sätze: *qui prior tempore, potior iure* und *res nullius cedit primum occupanti*, gelten ihm erst unter Voraussetzung der zur Errichtung des Rechtszustandes vereinigten Willen. Sehr unnöthig erscheint dabei S. 126 die ausdrückliche Erinnerung, die Person, sobald ihr die Existenz einer Person ausser ihr bekannt werde, müsse ihren Besitz auf ein endliches Quantum der Sinnenwelt beschränken; es ist auch ohnedies dafür gesorgt, dass die Bäume nicht in den Himmel wachsen. «Welches Quantum aber», meint er, «jeder gewählt habe, oder wählen wolle, hängt von seiner Freiheit ab». Also sehr viel dürfte einer sich aneignen wollen, aber nur nicht Alles!

selbst begreifliche Entscheidung, dass ich es halten soll», einfach für
ein Postulat der praktischen Vernunft. Dabei lässt er die Ansicht vom
Vertrage wenigstens nicht unerwähnt, dass die Aneignung des Ver-
sprochenen Besitzergreifung einer zu Gunsten eines bestimmten Anderen derelinquierten Sache sei, wo dann die Erwerbung durch Vertrag als eine näher bestimmte Art der Occupation erschiene *). Geht
man auf den Grundbegriff jenes Naturrechts, den der Freiheit, zurück,
so ist die verbindende Kraft der Verträge nicht nur nicht zu begreifen,
sondern auch nicht zuzugestehen; dass ich jetzt muss (denn der Vertrag soll eine erzwingbare Verbindlichkeit begründen), weil ich ehemals
wollte oder zu wollen erklärte, lässt sich, wie Stahl (Rechtsphilos.
Bd. I, S. 113) richtig bemerkt, so nicht herausbringen. Überdies wird
der Umfang der verbindlichen Verträge durch die unveräusserlichen
Rechte vielfach beschränkt; bei Conflicten der ersteren mit den letzteren kennt das Naturrecht ohnedies keine verbindlichen Verträge;
würde aber die Verbindlichkeit der Verträge den angeborenen Rechten
gegenüber aufrecht erhalten, so könnten die letzteren leicht auf eine
verschwindende Grösse zusammenschrumpfen, die weder Werth noch
Bedeutung hätte **).

---

*) Vergl. Kant, Rechtsl. § 18. 19. Anm. Hufeland a. a. O. § 270 beruft sich
für den Satz: «der Versprechende hat kein Recht mehr, seine Willensmeinung zu
ändern, da er seine Willkür für immer bestimmt hat», lediglich darauf (§ 261), dass
das Sittengesetz mir nicht verbiete, auch dauernde, ohne Zeiteinschränkung gültige
Maximen mir vorzuschreiben. Es handelt sich aber nicht um eine Erlaubniss, Verträge
zu schliessen, sondern um den Grund der Pflicht, sie zu halten. Eben so, wenn Gros
(Lehrb. d. Naturr. 5. Aufl. § 179) die Heiligkeit der Verträge darauf gründet, dass
durch die Zulässigkeit der einseitigen Zurücknahme eines bereits acceptierten Versprechens die Möglichkeit aller Verträge aufgehoben würde, so heisst dies doch nur so
viel als: wenn Verträge nicht gälten, so gäbe es eben keine Verträge; wenn er aber
noch hinzusetzt: «hierdurch würde aber alle vernünftige Bestimmung der wechselseitigen Verhältnisse unter den Menschen unmöglich gemacht», so beweist das zu
viel: es giebt genug «vernünftige Bestimmungen der wechselseitigen Verhältnisse unter
den Menschen», die nicht auf Verträgen beruhen.

**) Vergl. Stahl, Rechtsphilos. I, S. 114 — 117. Nicht viel besser ist freilich, was
Stahl selbst «zur Lösung dieser Dialektik» hinstellt. Der Fehler sei, dass die Freiheit
auf einen Begriff gegründet werde. «Ist sie durch den freien Willen Gottes eingesetzt,
so weichen alle Schwierigkeiten: sie reicht so weit, als er es wollte, sie hat ihre Grenze,
in wie weit sie sich selbst veräussern darf, durch die Bestimmung, die er ihr gab;
innerhalb dieser Grenze hat sie ihre wahrhaft freie, Änderung wirkende Bewegung;
weil Gott nicht wie Vernunft bloss Nothwendiges hervorbringen kann». Wie weit

Vergleicht man nun mit diesen Grundbestimmungen des späteren Naturrechts die Rechtslehre des Grotius, so spricht schon das nicht für eine principielle Verwandtschaft zwischen beiden, dass Grotius den Grund und Boden des Rechts nicht in der isolierten Existenz des Einzelnen, sondern in den geselligen Verhältnissen der Menschen suchte. Eben so wenig findet sich bei ihm jenes Hindrängen auf eine Losreissung der Rechtslehre von der Ethik, welches in der kantischen Periode für die wesentliche Bedingung der richtigen Entwickelung der ersteren gehalten wurde; auch nicht jenes Pochen auf die angeborene Freiheit der Person als solcher, die kraft ihres blossen Daseins der Träger und Besitzer einer schwankenden Masse erzwingbarer Urrechte sein sollte, verbunden mit jener Verzagtheit, die sich im Nothfalle mit der nackten Persönlichkeit, mit der blossen Möglichkeit Rechte zu erwerben, beruhigt. Es möchte überhaupt schwer sein, irgend eine der Schroffheiten in ihm nachzuweisen, an denen die Rechtslehren aus der kantischen Periode so reich sind. Je mehr man jedoch die Geschichte der Rechtsphilosophie gewöhnlich fast ausschliessend aus dem Standpunkte des kantischen Naturrechts behandelt, oder doch, auch wo dies nicht geschehen ist, den Grotius als den ersten in dieser Reihe betrachtet hat, desto weniger scheint es überflüssig, seinen eigenen Gedankenkreis einer näheren Untersuchung zu würdigen.

Das Werk *de iure belli et pacis*, welches fast ein Jahrhundert hindurch ein die Grenzen einer bloss literarischen Geltung weit überschreitendes Ansehen genossen hat, und an welches ihre Erörterungen über die wichtigsten Fragen des öffentlichen Rechts anzuknüpfen sehr ausgezeichnete Männer nicht verschmäht haben, ist allerdings kein systematisch geordnetes Ganzes der Rechtsphilosophie. Um ein wichtiges Capitel des Völkerrechts, das *ius belli et pacis,* zu behandeln, scheint es, habe Grotius nach subjectivem Bedürfniss ohne sonderliche Ordnung eine Reihe allgemeiner Untersuchungen zu Hülfe gezogen. Mehr Gewissenhaftigkeit in der Unternehmung und mehr Menschlichkeit in der Führung des Kriegs seinen Zeitgenossen zu empfehlen, die sittliche Rohheit einer ländergierigen, bald hinterlistigen, bald gewaltthätigen Politik an rechtliche und sittliche Schranken zu erinnern und dem Geiste

---

wollte denn Gott, dass die Freiheit ohne ihre Bestimmung zu verletzen sich veräussere? — Der Fehler liegt nicht darin, dass man die Freiheit auf einen Begriff, sondern darin, dass man das Recht auf die Freiheit gründete.

der Ehrlichkeit, Versöhnlichkeit, Billigkeit und Treue Eingang in die Gemüther zu verschaffen, ist sein nächster Zweck*). Um ihn zu erreichen,
um seine eigene Stimme durch das Gewicht des Alterthums zu verstär-
ken, theilt er aus dem Schatze seiner Belesenheit die Gedanken der
Weisesten und Besten unseres Geschlechts in reicher Fülle mit, um sein
eigenes Urtheil an sie anzuknüpfen, oder ihre Aussprüche geradezu zu
seinen eigenen zu machen. Gleichwohl spricht er die Absicht aus,
das Studium der Rechtswissenschaft überhaupt durch die «natürliche
Rechtslehre», als den bei weitem edelsten Theil derselben, zu beför-
dern**). Und in der That, wenn man das ganze Werk mit einiger Auf-
merksamkeit im Zusammenhange liest, findet man bald, dass demselben,
wenn auch nicht der logische Schematismus eines Compendiums, doch,
mit Ausnahme einiger episodischer Capitel, ein viel sorgfältiger über-
legter Plan zu Grunde liegt, als die Capitelüberschriften errathen lassen,
ein Plan, der in Verbindung mit dem Thema des Titels beinahe allen
wesentlichen Fragen der philosophischen Rechtslehre ihre natürliche,
in der Sache selbst liegende Stelle anweist.

Die dem speciellen Zwecke zunächst liegende Hauptfrage: *sitne
bellum aliquod iustum et quod bellum iustum sit****), führen unmittelbar
zu der Frage nach dem Begriffe des *iustum*, und den allgemeinsten Bestimmungen darüber ist das 1. Capitel des 1. Buchs gewidmet. Der
Begriff des Kriegs aber als eines *status per vim certantium* gestattet eine
Anwendung ebensowohl auf *bella privata* als *publica*, und als *bella publica* sind nicht nur die gewaltsamen Streitigkeiten zwischen unabhängigen Staaten, sondern auch die zwischen Unterthanen und Regierungen
zu betrachten. Kann man nun nicht allgemein behaupten, dass der Krieg
unter allen Umständen verwerflich und ungerecht sei (l. i, c. ii), so
führt die Vorbereitung der Entscheidung über die Zulässigkeit zunächst
der öffentlichen Kriege zu Erörterungen über den Staat, über den Begriff und die veränderlichen Grenzen der höchsten Gewalt, über das
davon abhängige Verhältniss der Unterthanen zur Regierung, und über

---

*) Prolegom. § 28. 29. *Videbam per christianum orbem vel barbaris gentibus
pudendam belli licentiam: levibus aut nullis de causis ad arma procurri, quibus semel
sumtis nullam iam divini, nullam humani iuris reverentiam, plane quasi uno edicto ad
omnia scelera emisso furore* u. s. w.

**) Prolegom. §. 30—32.

***) l. I, c. i, § 1, 3.

die Bedingungen, unter welchen jenen selbst ein gewaltsamer Widerstand gegen diese erlaubt ist (l. I, c. III—V). Eine viel wichtigere, weil allgemeinere, Untersuchung aber ist, gleichviel ob gewaltsame Streitigkeiten den Staat berühren oder blosse Privatverhältnisse, die über die rechtfertigenden Ursachen desselben*), also die über die allgemeinen Grundlagen des Rechtszustandes, dessen Verletzung die Anwendung gewaltsamer Mittel als tadellos erscheinen lässt, und diese Untersuchung giebt dem Grotius die Veranlassung, im 2. Buche, dem eigentlichen Kern des Werks, die Grundbegriffe der natürlichen Rechtslehre darzulegen. Rechtfertigungsgrund gewaltsamer Mittel kann nur eine Rechtsverletzung sein, entweder wenn sie zu befürchten steht, oder wenn sie geschehen ist. Der erste Fall führt ihn zu der Frage nach den Bedingungen und Grenzen der gerechten Selbsthülfe und Nothwehr, der zweite zum Ersatz und zur Strafe**). Ersatz sowohl als Strafe setzen voraus, dass man wisse, was und warum jeder etwas das Seinige nennen könne. Das Seine nennt jemand etwas entweder nach allgemeinem menschlichem oder nach besonderem Rechte. *Ab hoc,* sagt nun Grotius (l. II, c. II, §. 1, 1), *quod hominibus commune est, incipiamus. Hoc ius aut directe est in rem corporalem, aut ad actus aliquos. Res corporales aut vacuae sunt a proprietate, aut iam aliorum propriae. Res, quae a proprietate vacant, aut tales sunt, ut propriae fieri nequeant, aut ut possint.* Demgemäss erörtern die folgenden Capitel die Frage nach der Entstehung theils des Eigenthums an Sachen, theils der Rechtsansprüche an Personen und deren Leistungen, unter dem Gesichtspunkte sowohl der ursprünglichen als der abgeleiteten Erwerbung (*acquisitio originaria* und *derivativa*) und mit Berücksichtigung eben so der öffentlichen, wie der Privatverhältnisse***). Abgeleitete Erwerbung setzt entweder be-

---

*) l. II, c. I, § 1, 1. *Veniamus ad causas belli, iustificas intelligo; nam sunt et aliae, quae movent sub ratione utilis, distinctae interdum ab iis, quae movent sub ratione iusti.*

**) a. a. O. § 1, 4. *Causa iusta belli suscipiendi nulla alia esse potest, nisi iniuria.* § 2, 1. *Ac plane, quot actionum forensium sunt fontes, totidem sunt belli; nam ubi iudicia deficiunt, incipit bellum. Dantur autem actiones aut ob iniuriam non factam aut ob factam. Ob non factam, ut qua petitur cautio de non offendendo, item damni infecti et interdicta alia, ne vis fiat. Factam, aut ut reparetur, aut ut puniatur. Quod reparandum venit, aut spectat id, quod nostrum est vel fuit, aut id quod nobis debetur, sive ex pactione, sive ex maleficio, sive ex lege. Factum ut puniatur, parit accusationem et iudicia publica.*

***) Die Rubriken der Capitel sind: c. II, *de his, quae hominibus communiter com-*

stimmte Willenserklärungen und Handlungen derer voraus, die über ihre Rechte verfügen dürfen, oder Gesetze. An den ersten Fall knüpft Grotius die Frage nach der Veräusserlichkeit der Regierungsrechte, an den zweiten die Bestimmungen über die Intestaterbfolge an. Der Frage, unter welchen Gesichtspunkt die Erwerbungen fallen, welche das römische Recht als *acquisitiones iuris gentium* bezeichnet, ist das 8. Capitel gewidmet und zur Vervollständigung der ganzen Untersuchung dient noch das 9. und 10. Capitel, jenes über die Frage, wie Eigenthumsrechte sowohl in Privat- als in öffentlichen Verhältnissen ohne Übertragung erlöschen, dieses indem es von den Pflichten handelt, die aus dem *dominium* entstehen, eine Untersuchung, die rücksichtlich der Grenzen der Eigenthumsrechte sich den Erörterungen des 2. Capitels ergänzend anschliesst.

Die nicht abgeleitete, sondern ursprüngliche Entstehung eines Rechts durch Willenserklärungen und Handlungen führt auf den Begriff des Versprechens und des Vertrags; die ganze Lehre von den Verträgen, und ihrer Bekräftigung (durch den Eid), die Anwendung derselben auf Staatsverträge und Bündnisse, endlich die auf die Auslegung derselben sich beziehenden Fragen werden im Zusammenhange des 11—16. Capitels behandelt. Endlich folgt gemäss der obigen Eintheilung im 17. Capitel die Lehre vom Ersatz, und im 20. und 21. Capitel die von der Strafe. Vereinzelt stehen in diesem ganzen Buche nur das 18. und 19. Capitel, *de iure legationum* und *de iure sepulturae*, welche Grotius beide als willkürliche Institute des Völkerrechts betrachtet und an einer Stelle einschiebt, an welcher sie in den geschlossenen Zusammenhang seines Werkes nicht passen.

Hatte er nun durch diese Erörterungen die Grundlage für die Frage nach den Rechtfertigungsgründen des Kriegs gewonnen, so konnte die Bestimmung der ungerechten Ursachen desselben keine Schwierigkeit machen. Auf die kurze Angabe derselben (Cap. 22) folgt noch die Erörterung über zweifelhafte Ursachen (Cap. 23), die Warnung, auch ge-

----

petunt; c. III, *de acquisitione originaria rerum*; das IV. Capitel *de derelictione praesumta et eam secuta occupatione, usucapione et praescriptione* ist erläuternder Anhang dazu; c. V, *de acquisitione originaria iuris in personas* (hier von der Ehe, dem Rechte der Eltern gegen die Kinder, den rechtlichen Wirkungen gesellschaftlicher Verbindungen, und der freiwilligen Unterwerfung unter Andere); c. VI, *de acquisitione derivativa facto hominis;* c. VII, *de acquisitione derivativa per legem.*

gerechte Streitigkeiten und Kriege nicht leichtfertig anzufangen (Cap. 24), endlich die Untersuchung, in wiefern man zu Gunsten Anderer sich in Kriege einlassen dürfe (Cap. 25) und in wiefern die, welche nicht ihre eigenen Herren sind, an einem Kriege sich betheiligen dürfen (Cap. 26).

Alle diese Betrachtungen bewegen sich allerdings fast gleichmässig ohne systematische Sonderung auf dem Gebiete des inneren und äusseren Staatsrechts, wie des Privatrechts, aber lediglich aus dem Grunde, weil die allgemeinen Grundsätze der Gerechtigkeit für alle diese Gebiete dieselben seien. Das dritte Buch dagegen bezieht sich fast ausschliessend auf das äussere Staatsrecht, das internationale oder Völkerrecht, und zwar eben mit Rücksicht auf den Krieg. Es enthält die Beantwortung der zweiten Hauptfrage des ganzen Werks: *quid in bello iustum sit*. Um nun die Ansicht vom Kriegsrechte, die er vorfand, die Ansicht: dass, wenn einmal Krieg sei, jegliche Gewaltthätigkeit und Härte zwischen den kriegführenden Parteien gestattet sei, zu erschüttern, führt er die Folgen und Anwendungen dieses Satzes in ihrem ganzen Umfange aus (besonders im 4—8. Capitel); aber nur um am Anfange des 10. Capitels zu sagen: *legenda mihi retro vestigia et eripienda bellum gerentibus paene omnia, quae largitus videri possum nec tamen largitus sum. Nam cum primum hanc iuris gentium partem explicare sum aggressus, testatus sum, iuris esse aut licere multa dici eo, quod impune fiant, . . . quae tamen aut exorbitent a recti regula, sive illa in iure stricte dicto, sive in aliarum virtutum praecepto posita est, aut certe omittantur sanctius et maiore apud bonos laude.* Diese Schranken, welche die Gewalt auch im Kriege nicht verletzen darf, die *temperamenta circa ius belli*, die theils im Begriffe des Rechts, theils in andern ethischen Rücksichten, theils endlich selbst in Gründen des Nutzens liegen*), setzt nun das 10—16. Capitel auseinander; und nach einer episodischen Erörterung über die Rechte und Pflichten der Neutralen (Cap. 17) und über die Handlungen der Privatpersouen in Beziehung auf einen öffentlichen Krieg (Cap. 18) beschäftigen sich die letzten Capitel mit den nachdrücklichsten Hinweisungen darauf, dass Treue und Glauben auch unter Feinden nicht verletzt werden dürfe; nur dadurch könne auch der

---

*) Darüber, dass er solche Gründe geltend macht, entschuldigt er sich l. III, c. XIII, § 8, 1, in folgenden Worten: *quamquam proprie instituti nostri non est, quid ex usu sit inquirere .., tamen ipsa virtus vilis hoc saeculo ignoscere mihi debet, si, quando per se contemnitur, ex utilitatibus ipsi pretium facio.*

gerechteste Krieg seinem Ziele, dem Frieden, zugeführt und ein Verlass auf den wiederhergestellten Rechtszustand gewonnen werden. *Iustitia quidem*, sagt er *), *in caeteris suis partibus habet aliquid obscuri: at fidei vinculum per se manifestum est, imo ideo quoque usurpatur, ut de negotiis omnis dematur obscuritas.*

Diese einfache Überzeugung, dass Treu und Glauben die Bürgschaft für alle gesellschaftlichen Verbindungen, die Grundlage und der Stützpunkt des Rechts sei, auch da, wo äussere Gewalt nicht mehr hinreicht **), weist nun von selbst in den Anfang des Werks zurück und führt zu der Frage, in welchem Sinne Grotius das, was er *ius naturae* oder *ius naturale* nennt, von dem positiven Rechte unterschieden und zur Begründung oder Berichtigung des letzteren geltend gemacht habe. Hiermit hängen die allgemeinen Bestimmungen über das Wesen, die Entstehung und die Heiligkeit des Rechts genau zusammen, und somit auch die über die Rechte theils auf Sachen, theils auf persönliche Leistungen. Aber sein ganzes Werk durchzieht zugleich das Bestreben, der Gestaltung des positiven Rechtszustandes die Rücksicht auf ethische und religiöse Forderungen zur Begleiterin zu geben; das Recht hört ihm in gewissem Sinne auf Recht zu sein, wenn es in einen schroffen Gegensatz zu diesen Forderungen tritt. Das gilt auch von dem, was er vom Rechtsschutz, namentlich vom Strafrechte sagt und lässt sich selbst in seine Lehre vom Staate und den Verhältnissen zwischen der obersten Gewalt und den Unterthanen verfolgen. Lässt man nun alles das bei Seite liegen, was sich ausschliessend auf völkerrechtliche Verhältnisse bezieht, so ist doch, um seinen rechtsphilosophischen Gedankenkreis kennen zu lernen, nöthig auf folgende Punkte näher einzugehen: auf den Begriff und die Bedeutung des *ius naturale;* auf seine Lehre von der Entstehung bestimmter Rechte (angeborene Rechte, Occupation, Vertrag); auf die näheren Bestimmungen des formellen Rechts durch ethische Rücksichten; auf die vom Rechtsschutz durch Zwang und Strafe; endlich auf die Lehre vom Staate und dem Verhältniss zwischen der obersten Gewalt und den Unterthanen.

---

*) l. III, c. xxv, §. 1, 2.

**) a. a. O. § 1, 1. *fide non tantum respublica quaelibet continetur, sed et maior illa gentium societas; hac sublata tollitur, quod inter homines est commercium.* Ebend. 3. *non potest diu prodesse doctrina, quae hominem hominibus insociabilem facit.*

Grotius unterscheidet sogleich im Eingange seines Werks einen unveränderlichen, sich immer gleichbleibenden von einem veränderlichen, vielfach wechselnden Theile der Rechtswissenschaft (Prolegom. § 30). Für jenen gebe es unveränderliche Principien, für diesen nicht; jener könne daher in eine wissenschaftliche Form gebracht werden, dieser nicht. Um, was zu jenem gehöre, zu finden, müsse man von der individuellen Bestimmtheit der Verhältnisse eben so absehen, wie der Geometer seine Gestalten ohne Rücksicht auf die physische Beschaffenheit der Körperwelt construire (Proleg. § 58). Jenes Unveränderliche und Gleichbleibende in den Rechtsverhältnissen und Rechtsforderungen nun nennt er *ius naturale* oder *ius naturae;* die Wissenschaft von denselben die *iurisprudentia naturalis et perpetua* (Proleg. § 31). Er bedient sich damit einer Bezeichnung, die er nicht erfunden, sondern vorgefunden hat. Zweierlei hatte diesem Begriffe eines natürlichen Rechts und einer natürlichen Rechtslehre den Ursprung gegeben: theils die kritische Beurtheilung solcher positiver Rechtsgestaltungen, welche der Berichtigung und Verbesserung zugänglich und bedürftig erschienen; theils die Frage nach den Gründen, warum gewisse Rechtsinstitute sich durchschnittlich überall wiederfinden, wo Menschen mit einander verkehren. In der ersten Beziehung hatte schon Sokrates dem νόμῳ δίκαιον gegenüber sich auf ein φύσει δίκαιον berufen, welches seine verbindende Kraft nicht erst von äusseren Satzungen zu entlehnen brauche; in der zweiten hatten nicht nur die Stoiker, den Begriff des φύσει καὶ μὴ θέσει δίκαιον sich aneignend, von gewissen allgemeinen Grundbestimmungen der menschlichen Natur (πρῶτα τῆς φύσεως) als einer Rechtsquelle, sondern auch unter dem Einflusse der stoischen Lehre die römischen Juristen von einem *ius naturae* und *ius gentium* gesprochen, um solche Rechtsbestimmungen zu bezeichnen, welche die Natur selbst alle lebende Wesen gelehrt habe oder welche unter den Menschen aus gleichen und gemeinsamen Verhältnissen und Bedürfnissen sich immer wieder auf gleiche Weise erzeugen (*ius quod naturalis ratio constituit*) und äusserlich in gemeinsamen Rechtsinstituten hervortreten (*quod peraeque custoditur*). Für angeboren würden dergleichen Rechte höchstens in dem sehr schwankenden Sinne erklärt werden können, in welchem alles, was thatsächlich auf der Grundlage gegebener Naturverhältnisse beruht, angeboren genannt wird. Zugleich bedienten sich aber die römischen Rechtsbücher des Wortes *naturale* häufig zur Bezeichnung solcher Ansprüche, die nicht auf blossen Naturverhältnissen, sondern auf sittlichen Ideen beruhen, welche, ursprünglich von der Idee des Rechts unabhängig, gleichwohl bei der Gestaltung, Anwendung und Fortbildung desselben beachtet zu werden verlangen. Sie sprechen von einem *ius naturae aequum*; sie sagen: *id quod semper aequum et bonum est, ius dicitur, id est ius naturale*; sie bezeichnen die *benigna iuris interpretatio* als *iuris naturalis moderamen*; und der Begriff des natürlichen Rechts umschliesst ihnen alles das, was auf dem Grunde entweder gegebener Naturverhältnisse und Naturbedürfnisse, oder sittlicher Forderungen als Quelle oder Regulativ des positiven Rechts beachtet zu werden verlangt und verdient.

Grotius nun, obwohl er die römischen Namenerklärungen des *ius naturae* und des *ius gentium* verwirft und für den letzteren Ausdruck die seitdem gewöhnlich gewordene Bedeutung des äusseren Staatsrechts, Völker- oder internationalen Rechts in Anspruch nimmt*), stimmt doch im allgemeinen mit der Rechtsanschauung der römischen Juristen überein und wesentlich dadurch unterscheidet sich seine Lehre vortheilhaft von den leeren Abstractionen des späteren Naturrechts. Indem er aber alles, was für die Feststellung und Aufrechthaltung des Rechtszustandes vielleicht aus sehr verschiedenen Gründen nothwendig oder wünschenswerth ist, unter der gemeinsamen Bezeichnung des *ius naturae* zusammenfasst, wird ihm dieser Begriff so vieldeutig, dass er zwischen sehr weiten Grenzen hin und her schwankt. Gerade hierin liegt eine der kenntlichsten Veranlassungen für die Späteren, die ganze Lehre vom Rechte in einer von Grotius sehr verschiedenen Weise auf den Begriff des natürlichen Rechts zu gründen.

Um dies zu zeigen, muss zunächst an die Bestimmungen erinnert werden, die fast durchgängig allein angeführt werden, wenn von des

---

*) l. I, c. 1, § 11, 1 und 2. *Discrimen, quod in iuris Romani libris exstat, ut ius immutabile aliud sit, quod animantibus cum homine sit commune, quod arctiori significatu vocant ius naturae, aliud hominibus proprium, quod saepe ius gentium nuncupant, usum vix ullum habet. Nam iuris proprie capax est nonnisi natura praeceptis utens generalibus . . . . Quod si quando brutis animantibus iustitia tribuitur, id fit improprie ex quadam in ipsis umbra rationis et vestigio.* Proleg. § 17. *Sicut cuiusque civitatis iura utilitatem suae civitatis respiciunt, ita inter civitates aut omnes aut plerasque ex consensu iura quaedam nasci possunt et nata apparent . . . Et hoc ius est quod g e n t i u m dicitur, quoties id nomen a iure naturali distinguimus.* Daher gelten völkerrechtliche Bestimmungen nicht so allgemein als das *ius naturae* l. I, c. 1, § 14, 1.

Grotius Rechtslehre die Rede ist. Nachdem er die Ansicht zurückgewiesen, dass der ganze Unterschied zwischen Recht und Unrecht nur ein relativer, mit den Rücksichten des Nutzens veränderlicher sei (Proleg. § 5), knüpft er nach Art der stoischen Berufung auf die οἰκείωσις an den sogenannten Geselligkeitstrieb als eine den Menschen auszeichnende Eigenschaft an. *Inter haec*, sagt er Proleg. § 6, *quae homini sunt propria, est appetitus societatis, id est communitatis non qualiscunque, sed tranquillae et pro sui intellectus modo ordinatae, cum his, qui sunt sui generis. Haec vero*, fährt er § 8 — 10 fort, *quam rudi modo expressimus societatis custodia humano intellectui conveniens fons est eius iuris, quod proprie tali modo appellatur; quo pertinet alieni abstinentia et, si quid alieni habeamus aut lucri inde fecerimus, restitutio, promissorum implendorum obligatio, damni culpa illati reparatio et poenae inter homines meritum.* Aus dieser ersten Bedeutung des *ius* fliesse dann eine zweite, weitere, die sich nicht auf den Trieb der Geselligkeit beschränke, sondern auf die Beurtheilung dessen sich beziehe, was im Zusammenhange des Lebens nützlich oder schädlich, angenehm oder unangenehm sei; es gezieme der menschlichen Natur, diese Beurtheilung gegenüber augenblicklichen Begierden und Leidenschaften aufrecht zu erhalten; *et quod tali iudicio plane repugnat, etiam contra ius naturae, humanae scilicet, esse intelligitur.* Was Grotius hier andeutet, sondert das 1. Capitel des 1. Buches genauer. Am bestimmtesten, heisst es hier § 3, 1, gebe sich der Begriff des Rechts durch sein Gegentheil, das Unrecht, zu erkennen; *ius nihil aliud, quam quod iustum est, significat; idque n e g a n t e magis sensu, quam a i e n t e, ut ius sit, quod iniustum non est. Est autem iuiustum, quod naturae societatis ratione utentium repugnat.* Von dieser ersten Bedeutung des Rechts (im objectiven Sinne) komme die zweite, nach welcher es die persönliche Befugniss bedeute, etwas ohne Vorwurf des Unrechts zu besitzen und zu thun*). Endlich gebe es noch

---

*) a. a. O. § 4, 1. *Ab hac iuris significatione diversa est altera, sed ab hac ipsa veniens, quae ad personam refertur, quo sensu ius est qualitas moralis personae competens ad aliquid iuste habendum vel agendum. Personae competit hoc ius, etiamsi rem interdum sequatur; quae iura realia dicuntur comparatione facta ad alia mere personalia: non quia non ipsa quoque personae competant, sed quia non alii competunt, quam qui rem certam habeat. Qualitas autem moralis perfecta facultas nobis dicitur, minus perfecta aptitudo. § 5. Facultatem ICti nomine sui appellant; nos post haec ius proprie aut stricte dictum appellabimus.*

eine dritte Bedeutung, nach welcher es überhaupt eine sittliche Verbindlichkeit bezeichne *).

Dass Grotius sittliche Forderungen, welche nicht unmittelbar unter den Begriff der Gerechtigkeit im engeren Sinne fallen, gleichwohl mit dem Worte *iustum* bezeichnet, darin folgt er nur dem gewöhnlichen Sprachgebrauche seines ganzen Zeitalters. Nicht nur die von Aristoteles entlehnte Unterscheidung einer *iustitia universalis* und *particularis*, sondern auch der theologische auf die Bibel gegründete Sprachgebrauch. hatten daran gewöhnt, unter *iustitia* ganz allgemein die Angemessenheit des Verhaltens an sittliche Gebote, und damit zugleich Erfüllung einer Rechtspflicht gegen Gott zu verstehen. Grotius fühlt nun das Bedürfniss, das Recht im eigentlichen Sinne aus dieser zerfliessenden Breite der Wortbedeutung heraus zu heben. Er findet den Anknüpfungspunkt in der *societas* und auch das ist nichts Neues **); wichtiger ist, dass diese Beziehung auf die *societas* ihm nicht das ist, was dem Rechtsbegriff seinen Inhalt, sondern nur das, was ihm das Gebiet seiner Anwendbarkeit darbietet. Nur bedeutet *societas* dem Grotius durchaus nicht Gesellschaft im strengen Sinne des Worts, nicht eine Vereinigung einer Mehrheit von Willen zu einem und demselben Zwecke, sondern eigentlich nicht mehr als ein Zusammenleben, bei welchem jeder, ohne ein eigentliches gesellschaftliches Wollen, sehr wohl seinen eigenen Zwecken nachgehen kann; sie bedeutet ihm nur die Gesammtheit der Beziehungen und Berührungen, die in dem Zusammenleben einer Mehrheit wollender Wesen nicht ausbleiben können ***). Ist nun das Recht

---

*) a. a. O. § 9, 1. *Est et tertia iuris significatio, quae idem valet, quod lex, quoties vox legis largissime sumitur, ut sit regula actuum moralium obligans ad id, quod rectum est . . . Diximus autem ad rectum obligans, non simpliciter ad iustum, quia ius hac notione non ad solius iustitiae, sed et aliarum virtutum materiam pertinet. Attamen ab hoc iure, quod rectum est, laxius iustum dicitur.*

**) Er selbst erinnert an die οἰκείωσις der Stoiker; dass da, wo der einzelne losgelöst von allen Beziehungen zu andern betrachtet wird, von Recht und Unrecht nicht die Rede sein könne, dies zu verkennen war erst dem späteren Naturrecht vorbehalten. Bei den Vorläufern des Grotius ist die Beziehung des Rechts auf die *societas* entweder ausdrücklich ausgesprochen oder liegt wenigstens ihren Erörterungen zu Grunde. Vergl. z. B. die Notizen, die Kaltenborn a. a. O. S. 176 aus Bolognetus mittheilt; noch deutlicher tritt dies in Winkler's Schrift an vielen Stellen hervor.

***) Wenn er z. B. l. II, c. xii, § 9, 1 sagt: *inter contrahentes proprior quaedam est societas, quam quae communis est hominum,* so bezeichnet, da nicht jeder Vertrag ein Gesellschaftsvertrag ist, das Wort *societas* gewiss nicht mehr als eine Beziehung,

an die *societas* in diesem Sinne gebunden, so ist seine Voraussetzung
eine Mehrheit wollender Wesen, die sich in einer gemeinsamen Sinnenwelt bewegen. Was für diese Willen Recht sei, oder werden solle, erkennt er aus dem, was das Recht verneint. Was aber sein würde
ohne das Recht, spricht er deutlich aus, indem er dasjenige Merkmal der
societas hervorhebt, welches ihr ohne das Recht fehlen würde (*communitatis custodia non qualiscunque, sed tranquillae et ordinatae*). Das
also, was das Recht verneint, ist der Streit, der Unfriede, der Mangel
an Ordnung; und zwar wird das Alles nicht aus Rücksichten des
Nutzens, sondern desshalb verworfen, weil es der Natur vernünftiger
Wesen zuwiderlaufe, also kraft eines unmittelbaren sittlichen Urtheils.
Dergleichen unmittelbare sittliche Urtheile bezeichnet er mit seinem ganzen Zeitalter als Forderungen der vernünftigen Natur, als *dictamen rectae rationis* *).

Das Recht ist mithin dem Grotius zunächst ein formaler Begriff;
er bezeichnet eine Summe von Bestimmungen über das Verhalten wollender Wesen zu einander, ohne deren Beachtung die Bedingungen einer friedlichen und geordneten Gesellung abgeschnitten sein würden.

---

im Verhältniss der Willen, welches hier durch den Gegenstand, über welchen sie pa-
ciscieren, vermittelt wird. Dass der Begriff der *societas* nicht sogleich von vorn herein
hinlänglich genau bestimmt wird, hat aber allerdings im weitern Verlauf die Folge,
dass solche Rechtsverhältnisse, welche die Ansprüche der Einzelnen an einander a u s -
e i n a n d e r s e t z e n, Grenzlinien zwischen ihnen ziehen, nicht hinlänglich geschieden
werden von solchen, welche auf der eigentlich gesellschaftlichen Verknüpfung der
Willen zu einem gemeinsamen Wollen beruhen. Desshalb tritt bei Grotius der ursprüngliche Charakter des Rechts, die Abgrenzung der Rechtssphären, nicht hinlänglich in den Vordergrund, und in diesem Sinne sagt Herbart (Analyt. Beleucht. des
Naturr. u. d. Moral S. 64), der Begriff der Gesellschaft komme bei ihm zu früh.

*) l. I, c. ı, § 10, 1. § 3, 1. *Est iustum [quod naturae societatis ratione uten-
tium repugnat.* c. ıı, § 1, 5. *quod necessariam cum natura rationali et sociali habet repugnantiam.* In demselben Sinne sagt er l. II, c. xı, §. 4, 1 : *deum contra naturam
suam facturum, nisi promissa praestaret.* Proleg. § 44. *qualiacunque incitamenta con-
temnere hac tantum de causa, ne societas humana violetur, hoc iustitiae proprium est.*
Dass Rücksichten des Nutzens hinzutreten können, bemerkt er selbst mehr als einmal
(z. B. Proleg. § 16); dass sie das Recht nicht begründen, ist bei ihm ein so durchgrei-
fender Gedanke, dass es dafür kaum einzelner Belege bedarf. Beispielsweise mag die
Zurückweisung der epicurischen Lehre erwähnt werden, die der Gerechtigkeit nichts
gelassen habe, *nisi nomen inane, ut quam nasci diceret ex sola conventione neque ducere
ulterius, quam communis duraret utilitas, abstinendum autem ab his quae alteri nocitura
essent, solo poenae metu* (l. II, c. xx, § 44, 4).

Die Träger des Rechts im subjectiven Sinne sind die wollenden Wesen selbst; alles Recht ist ursprünglich persönlich. Aber der Wille und dessen freie, nur einseitige Äusserung in der Sinnenwelt ist ihm nicht die Quelle, sondern die freie Befugniss solcher Äusserungen die Wirkung des Rechts; das Recht nicht der Ausfluss der Freiheit, sondern die rechtliche Freiheit gleich dem Umfange der Befugnisse, die jemandem rechtlich zustehen *). Er bezeichnet ferner das Recht im subjectiven Sinne ausdrücklich als *facultas moralis;* ob aber eine solche Befugniss durch Zwang geltend gemacht werden könne und wie weit, darüber schweigt er wenigstens bei der Darlegung der ersten Grundbegriffe. Auch weiss er nichts von einer Begründung des Rechts durch ein sogenanntes Erlaubnissgesetz, auf welches sich das spätere Naturrecht mit der oberflächlichen Bestimmung berief: recht sei, was man thun dürfe, und sittlich, was man thun solle **).

Zur näheren Bestimmung des Rechtsbegriffs bedient sich nun Grotius der längst vor ihm eingeführten, in seinem Zeitalter allgemein anerkannten Unterscheidung zwischen *ius naturale* und *ius voluntarium* (l. I, c. 1, § 9, 2). Er definiert das erstere (ebendas. § 10, 1) als *dictatum rectae rationis indicans actui alicui ex eius convenientia aut disconvenientia cum ipsa natura rationali inesse moralem turpitudinem aut necessitatem moralem, ac consequenter ab auctore naturae Deo talem actum aut vetari aut praecipi.* Von angeborenen Rechten im Sinne der Späteren liegt wenigstens in dieser Definition nichts; jedenfalls ist sie aber so weit, dass sehr Verschiedenartiges unter ihr gleichmässig Platz finden konnte. Und wirklich müssen wenigstens drei Classen von Forderungen unterschieden werden, die Grotius im Verlaufe seines Werks auf das *ius naturale* zurückführt.

Zuerst bezeichnet er, wie schon angedeutet, als *ius naturale* die allgemeine Verbindlichkeit, theils sittlichen Ansprüchen überhaupt. so

---

*) l. I, c. 1, § 5. *Facultatem ICti nomine sui appellant, ... sub quo continetur potestas tum in se, quae libertas dicitur, tum in alios* u. s. w. In der Anmerkung setzt er ausdrücklich hinzu: *libertatem facultatis nomine optime definiunt Romani ICti.*

**) l. I, c. 1, § 9, 1. *Permissio proprie non est actio legis, sed actionis negatio, nisi quatenus alium ab eo, cui permittitur, obligat, ne impedimentum ponat;* l. II, c. v, § 28. *agendi impunitas improprie ius dicitur.* Dass der Begriff des Erlaubten auf dem Gebiete des Rechts seine Stelle habe, ist dadurch nicht ausgeschlossen; Grotius bemerkt ausdrücklich, dass der Sprachgebrauch häufig das als ein Recht bezeichne, dem das Recht nur nicht widerspreche (l. I, c. 1, § 10, 3).

weit sie in die Beziehungen der Einzelnen zu einander eingreifen, theils den bestimmten Forderungen des Rechts und der Billigkeit zu genügen. Obwohl er nämlich die weite Ausdehnung des Begriffs *ius naturale* über das ganze Gebiet des Sittlichen selbst für einen Misbrauch erklärt*), so beruft er sich doch vielfach auf diese weite Bedeutung. So, wo er die natürliche Befugniss zur Nothwehr durch sittliche Gründe beschränkt und das *occidi, quam occidere velle*, für *laudabilius* erklärt. *Nam*, sagt er I. II, c. ı, § 9, 1, *ius naturae, quatenus legem significat, non ea tantum respicit, quae dictat iustitia, quam expletricem diximus, sed aliarum quoque virtutum, ut temperantiae, fortitudinis, prudentiae, actus in se continet, ut in certis circumstantiis non honestas tantum, sed et debitas*, in demselben Sinne, in welchem es z. B. l. II, c. xxiv, § 1, 1 heisst: *plerumque magis prium rectumque est de iure suo cedere*, oder l. III, c. ı, § 4, 2: *non semper ex omni parte licitum est, quod iuri stricte sumto congruit; saepe enim proximi caritas non permittit, ut summo iure utamur.* Vorzugsweise ist es die Billigkeit, die er häufig als *ius naturale* bezeichnet**). Aber auch die Bereitwilligkeit zu Zugeständnissen und Handlungen, ohne welche der Friedens- und Rechtszustand gar nicht entstehen und Haltbarkeit gewinnen könnte, ja selbst die Verbindlichkeit, den Anforderungen bestimmter und concreter Rechtsverhältnisse Genüge zu leisten, wird als *ius naturae* bezeichnet. So heisst es (Proleg. § 15): *iuris naturae est pactis stare;* ähnlich in einem besonderen Falle (l. II, c. xı, § 5, 2), wo von den Bestimmungen darüber die Rede ist, in welchem Alter jemand verbindliche Verträge schliessen kann: *hi effectus sunt proprii legis civilis ac proinde cum iure naturae ac gentium nihil habent commune; nisi quod quibus locis obtinent, ibi eas servari etiam*

---

*) l. I, c. ı, § 10, 3. *interdum etiam per abusionem ea, quae ratio honesta et oppositis meliora indicat, etsi non debita, solent dici iuris naturalis.*

**) Das ganze Werk ist voll von Beispielen. Ausdrücklich werden *acquitatis et iuris naturalis praecepta* einander gleichgestellt l. III, c. xı, § 16. An einer andern Stelle (l. II, c. xvııı, § 4, 3) heisst es: *bonum et aequum id est ius naturae.* Für die Verträge wird der Satz aufgestellt (l. II, c. xıı, § 8): *in contractibus natura aequalitatem imperat et ita quidem, ut ex inaequalitate ius oriatur minus habenti.* Das Strafrecht wird mit ausdrücklicher Verwerfung der Ansicht, dass es nur *ex civili iurisdictione* seinen Ursprung habe (l. II, c. xx, § 11, 4), darauf gegründet, dass es dem natürlichen Rechte nicht zuwiderlaufe(a. a. O. § 1, 2): *inter ea, quae natura ipsa dictat licita esse et non iniqua est et hoc, ut qui male fecit, malum ferat.* Aber auch die bestimmteren Grenzen, auf welche die Idee der Billigkeit die Strafe beschränkt, werden einfach als *dictamina naturae* und ihre Nichtachtung als Verletzung des natürlichen Rechts bezeichnet, so z. B. a. a. O. § 5, 2.

*naturale est**). Ja sogar, wenn das positive Recht etwas bestimme, was das natürliche unbestimmt lasse, wird die Verpflichtung, die Bestimmungen des ersteren zu respectieren, als Forderung des letzteren hingestellt **).

Eine zweite Bedeutung des *ius naturale* ist die, dass es gewisse Bestimmungen bezeichnet, die aus der Natur menschlicher Lebensverhältnisse sich aufdringen und rechtlich anerkannt werden müssen, wenn der Streit nicht auf allen Punkten immer wieder von neuem ausbrechen soll. Auch für diese Bedeutung lassen sich bei den Vorgängern des Grotius Parallelen nachweisen ***). In diesem Sinne knüpft Grotius den Begriff des natürlichen Rechts an das an, was die Stoiker τὰ πρῶτα κατὰ φύσιν nannten, an die natürlichen Triebe, Bedürfnisse und Neigungen, deren Nichtbefriedigung den Menschen als Naturwesen zum Widerstande treiben würde †). Dergleichen natürliche Ansprüche sind unabhängig von den positiven Gesetzen und Einrichtungen des Staats ††), und Rechtsbestimmungen, welche ihnen Genüge leisten, finden sich in der Regel da, wo nur keine natürliche Verderbniss ist †††). Namentlich gehören hierher

---

*) Ganz ähnlich wird l. II, c. xiv, § 8 gesagt: *ubi dominium aut ius aliud alicui legitimo modo partum est, id ne sine causa ei auferatur, iuris est naturalis.*

**) l. II, c. c. ii, § 5. *Cum lex civilis aliud constituit, eam observari debere ius ipsum naturae dictat.*

***) So namentlich bei Domin. Soto *de iustitia et iure.* Vergl. die Anführungen aus demselben bei Kaltenborn, Vorläufer d. Grotius S. 164 ff.

†) l. I, c. ii, § 1. *Haec quaestio (an bellare unquam iustum sit) ad ius naturae primum exigenda. Cicero ex Stoicorum libris erudite disserit esse quaedam prima naturae, Graecis τὰ πρῶτα κατὰ φύσιν, quaedam consequentia, quae illis primis praeferenda sint. Prima naturae vocat, quod simulatque natum est animal, ipsum sibi conciliatur et commendatur ad se conservandum* u. s. w. Über die Rangordnung der Forderungen des *ius naturae*, je nachdem sie sich entweder auf sittliche Gebote oder auf blosse Naturbedürfnisse gründen, lässt er jedoch keinen Zweifel, indem er sogleich hinzusetzt: *At post haec cognita sequi notionem convenientiae rerum cum ipsa ratione, quae corpore est potior, atque eam convenientiam, in qua honestum sit propositum, pluris faciendum, quam ad quae sola primum appetitio ferebatur; quia prima naturae commendant nos quidem rectae rationi, sed ipsa recta ratio carior nobis esse debet . . . In examinando iure naturae primum videndum, quod illis initiis congruat, deinde veniendum ad illud, quod quamquam post oritur, dignius tamen est . . . Hoc ipsum vero, quod honestum dicimus, pro materiae diversitate modo in puncto consistit, . . . modo liberius habet spatium.* Das erstere entspreche dem eigentlichen Rechtsbegriffe.

††) l. II, c. xx, § 40, 4. *illud ius naturae, quod et ante institutas civitates fuit et nunc etiam viget, quibus in locis homines vivunt, in familias, non in civitates distributi.*

†††) l. II, c. v, § 12, 3. *naturale recte dicitur, quod apud plerosque non corruptos,*

die natürlichen Ansprüche des Menschen auf Unverletztheit des Lebens, den Gebrauch seiner Glieder, auf äussere Dinge, ohne welche er nicht leben kann, obwohl Niemand das Recht habe, sich selbst das Leben zu nehmen, oder sich zum Selbstmord zu verpflichten *). Überhaupt erstreckt sich diese Bedeutung des *ius naturae* auf alle Bestimmungen und Entscheidungen, die nicht bloss im allgemeinen, sondern auch je nach der Natur des vorliegenden Sachverhältnisses sich als die angemessensten und entsprechendsten darbieten **). Auch das Gewohnheitsrecht gehört hierher, nicht als ob blosse Gewohnheit an sich schon Recht sei, sondern weil darin eine auf die Natur des Menschen oder einzelner Lebensverhältnisse sich gründende Hinweisung auf eine bestimmte Gestaltung der Rechtsverhältnisse liegt ***).

Aber diese Ansprüche, die sich auf die Natur des Menschen oder besondere Verhältnisse gründen, sind bei weitem nicht alle gleich allgemeingültig, gleich dringend. Er warnt ausdrücklich, verhältnissmässig weitverbreitete Sitten und Gewohnheiten sogleich für *ius naturae* zu halten †). Desshalb widmet er den Erwerbungsarten, welche das rö-

---

sed naturae convenienter se habentes obtinet, mit Beziehung auf den Incest, während es von den verschiedenen Bestimmungen über die Ehen unter Verschwägerten ebendas. § 13, 1 heisst: *a mero iure naturae non venire haec interdicta.*

*) l. I, c. ii, § 1, 5. *Vita, membra, libertas sic quoque* (nämlich *etiamsi dominium, quod nunc ita vocamus, introductum non esset) propria cuique essent, ac proinde non sine iniuria ab alio impeterentur. Sic et rebus in medio positis uti et quantum natura desiderat eas absumere, ius esset occupantis; quod ius qui ei eriperet, faceret iniuriam.* l. II, c. xvii, § 2, 1. *Damnum est τὸ ἔλαττον, cum quis minus habet suo, sive illud suum ipsi competit ex mera natura, sive accedente facto humano . . . Natura homini suum est vita, non quidem ad perdendum, sed ad custodiendum, corpus, membra, fama, honor, actiones propriae.* Vergl. l. II, c. xxi, § 11, 2. III, c. xi, § 18, 1.

**) So beruft sich Grotius auf das *ius naturae* bei der Entscheidung über die Art, wie bei Abstimmungen getheilte Stimmen zusammenzurechnen sind (l. II, c. v, § 19), wie die Zeitdauer des Waffenstillstands zu berechnen ist (l. III, c. xxi, §. 3, 4), was von den Erben eines in der Kriegsgefangenschaft Verstorbenen rücksichtlich des Lösegeldes gefordert werden kann (ebendas. §. 29. 30) und so in vielen Fällen. Den Vorzug hat das, *quod naturali simplicitati congruentius est.*

***) l. II, c. xii, § 26. l. III, c. vii, § 5, 2. *lex naturae . . . id est lex consuetudinis generalis ab aliqua ducta ratione naturali, quomodo iuris naturalis vocem abusione quadam interdum sumi alibi quoque demonstravimus.* Darüber, dass Grotius das Gewicht des Gewohnheitsrechts wesentlich auf die Wirkungen eines zu präsumierenden *tacitus consensus* gründet, später.

†) l. II, c. xx, § 41. 42. *Cautiones non nullae adhibendae sunt, prima ne mores civiles, quamvis inter multos populos non sine ratione receptos, sumantur pro iure na-*

mische Recht als *acquisitiones iuris gentium* bezeichnet, abgesehen davon, dass er diese Bezeichnung für unpassend erklärt, im 8. Capitel des 2. Buches eine ausführliche Erörterung, um zu zeigen, dass die Bestimmungen über die rechtlichen Wirkungen der Accession, Specification u. s. w. von mancherlei Rücksichten und Bedingungen abhängen und für eine verschiedenartige Gestaltung der Rechtsverhältnisse Raum lassen. So bemerkt er z. B. rücksichtlich der Bestimmungen des römischen Rechts über das Eigenthum an eingefangenen, aber wieder entlaufenen Thieren (a. a. O. § 5): *valde falluntur recentiores ICti, qui haec ita putant naturalia, ut mutari nequeant; sunt enim naturalia non simpliciter, sed pro certo rerum statu et si aliter cautum non sit;* germanische Rechtsgewohnheiten bestimmen hier und in ähnlichen Fällen vieles anders, ohne desshalb verwerflich zu sein *). Was er selbst in solchen Fällen für *ius naturae* erklärt, stützt sich auf die Abwägung der vorliegenden Umstände und früherer Rechtsverhältnisse (a. a. O. § 8 — 17); was diese unbestimmt lassen, muss durch positive Gesetze ergänzt werden; das positive Recht kann und soll da eintreten, wo das *ius naturale* nicht deutlich genug spricht; Gesetz und ausdrückliche Übereinstimmung können etwas dem *ius naturae* zuwiderlaufendes feststellen **);

---

turali . . ., *secunda, ne temere annumeremus a natura vetitis, de quibus id non satis constat.*

*) Die Erörterung über Confusion und Specification (a. a. O. § 19 ff.) schliesst (§ 26) mit den Worten: *haec ideo annotavimus, ne quis reperta iuris gentium voce apud Romanos iuris auctores statim id ius intelligat, quod mutari non possit, sed diligenter distinguat naturalia praecepta ab his, quae pro certo rerum statu sunt naturalia, et iura multis populis scorsum communia ab his, quae societatis humanae vinculum continent.* Zur Erläuterung dient unter Anderem auch die Art, wie er die Intestaterbfolge rechtfertigt (l. II, c. vii, § 3): *successio ab intestato quae dicitur, posito dominio, remota omni lege civili, ex coniectura voluntatis naturalem habet originem, . . cum credibile non esset, eius eum (dominum) mentis fuisse, ut post mortem suam bona occupanti cederet.* Die natürliche Präsumtion spricht für den Erbgang zu Gunsten derer, die dem Erblasser am nächsten standen. Sind keine Kinder da, so entscheide bei verschiedenen Verwandtschaftsgraden die billige Rücksicht auf die natürlichen Verhältnisse (a. a. O. § 9, 2. *videndum est, quis sit in beneficiis ordo maxime naturalis*). Strenge Nothwendigkeit lasse sich dabei nicht nachweisen; a. a. O. § 11, 1: *haec quae dicimus, quanquam naturali coniecturae maxime sunt consentanea, non sunt tamen iure naturae necessaria; ac proinde ex diversis causis voluntatem humanam moventibus variari solent, pactis, legibus, moribus.* An einer andern Stelle dagegen, bei den Controversen über die Verflichtungen des *bonae fidei possessor* (l. II, c. x, § 8 — 13) benimmt ihm die Rücksicht auf das römische Recht diese Freiheit des Urtheils.

**) l. II, c. xv, § 5, 1. *foedera alia idem constituunt, quod iuris est naturalis, alia*

ja ein unzweifelhaftes positives Recht macht die ganze Frage nach dem natürlichen Rechte überflüssig *).

In einer dritten Bedeutung endlich bezeichnet das *ius naturae* nichts anderes, als die nothwendigen Folgen aus gewissen rechtserzeugenden Willenserklärungen und schon bestehenden Rechtsverhältnissen, also das, was nicht Grund und Motiv für die Feststellung eines Rechts, sondern Wirkung und Folge desselben ist. So sagt er l. I, c. 1, § 10, 4: *Sciendum ius naturale non de iis tantum agere, quae citra voluntatem humanam existunt, sed de multis etiam, quae voluntatis humanae actum consequuntur. Sic dominium, quale nunc in usu est, voluntas humana introduxit: at eo introducto nefas mihi esse, id arripere te invito, quod tui est dominii, ipsum indicat ius naturale.* Schon in den Prolegomenen (§ 15) hatte er gesagt: *cum iuris naturae sit pactis stare . . , ab hoc ipso fonte iura civilia fluxerunt. Nam qui coetui alicui se aggregarunt, . . hi aut expresse promiserunt, aut ex negotii natura tacite promisisse debebant intelligi, secuturos se id, quod aut coetus pars maior aut hi, quibus delata potestas erat, constituissent.* Darauf, dass im Eigenthumsrechte vieles liegt, was als nothwendige Folge desselben zum natürlichen Rechte gehöre, kommt er mehrmals zurück **). Namentlich gehört hierher das Recht der freien Disposition über das Eigenthum. Daher nennt er sowohl die Veräusserung, als die Errichtung eines Testaments ein natürliches Recht ***). Eben so bezeichnet der Ausdruck *ius naturae* in dem ganzen

---

aliquid ei adiiciunt. l. II, c. III, § 10, 3. *multa quae natura permittit, ius gentium ex communi consensu potuit prohibere.* Ebendas. c. II, § 5. *cum lex civilis aliud constituit, eam observari debere ius ipsum naturae dictat. Lex enim civilis . . . potest libertatem naturalem circumscribere et vetare, quod naturaliter licebat.* Eben so heisst es bei der Lehre über die rechtliche Nichtigkeit gewisser Verträge l. II, c. XI, § 8, 3: *in hoc quoque genere lex civilis utilitatis causa multa irrita solet facere, quae naturaliter obligarent.* An einer andern Stelle (l. II, c. III, § 6) sagt er jedoch: *humana iura multa constituere possunt praeter naturam, contra naturam nihil.*

*) So sagt er (l. III, c. I, § 5, 5) rücksichtlich der Frage, ob die Flagge die Waare deckt: *hanc quaestionem ideo ad ius naturae retulimus, quia ex historiis nihil comperire potuimus ea de re iure voluntario gentium esse constitutum.*

**) z. B. l. II, c. X, § 1, 5. *Ad dominii naturam nihil refert, ex gentium an ex civili iure oriatur; semper enim secum habet, quae sibi sunt naturalia* u. s. w.

***) l. II, c. VI, §. 1, 1. *homines rerum domini ut dominium aut totum aut ex parte transferre possint, iuris est naturalis post introductum dominium; inest enim hoc in ipsa dominii, pleni scilicet, natura.* Ebendas. § 14. *illud sciendum est, cum de alienatione agimus, sub eo genere nobis etiam testamentum comprehendi. Quanquam enim testamen-*

Abschnitte über die Erbfolge in der Regierung (l. II, c. vii, § 12 ff.) die Folgen bestehender und anerkannter Rechtsverhältnisse, und in ähnlicher Weise liessen sich noch andere anführen.

So vielfach sich nun auch Grotius bei seinen Erörterungen über einzelne bestimmte Rechtsverhältnisse auf das *ius naturae* als ihre Quelle beruft, so unterlässt er doch beinahe durchgehends, anzugeben, in welchem Sinne dies geschieht; und diese Mangelhaftigkeit in der Behandlung der ersten Grundbegriffe konnte durch die offene Vielseitigkeit seines Blicks nicht ersetzt werden. Ein so vieldeutiger Begriff, wie der des *ius naturale*, ist immer vielen Umwandlungen ausgesetzt, und dadurch, dass er ihn in der Unbestimmtheit liess, in welcher er ihn überkommen hatte, hat Grotius zum Theil die Art verschuldet, wie das spätere Naturrecht sich denselben zurechtlegte. Um jedoch diese Unbestimmtheit nicht grösser erscheinen zu lassen, als sie bei Grotius selbst ist, darf man nicht vergessen, dass er neben dem *ius naturale* auch ein *ius voluntarium* kennt, *quod ex voluntate originem ducit* (l. I, c. i, § 13). Dieses ist gemäss der damals ebenfalls allgemein angenommenen Unterscheidung entweder *divinum* oder *humanum*. Jenes beruht auf ausdrücklichen Kundmachungen des göttlichen Willens*); da aber diese kein Gegenstand der philosophischen Kritik sind, so begnügt er sich, in Beziehung auf das ganze *ius divinum* zu zeigen, dass namentlich die mosaische Gesetzgebung schlechthin nur die Juden verbinde**), so wie bei solchen Fragen, wo die Aussprüche der Vernunft mit den besonderen göttlichen Geboten zu streiten scheinen, zu erörtern, in wiefern dies der Fall sei***). Das Verhältniss Gottes zu dem Menschen bezeichnet er häufig als *dominium plenissimum* †), ohne desshalb gemeint zu sein, einer

---

tum, ut actus alii, formam certam accipere possit a iure civili, ipsa tamen cius substantia cognata est dominio et eo dato iuris naturalis . . . Alienatio in mortis eventum ante eam revocabilis retento interim iure possidendi ac fruendi est testamentum.

*) Er unterscheidet deren drei, die erste nach Erschaffung des Menschengeschlechts, die zweite nach der Sündfluth durch die mosaische Gesetzgebung, die dritte durch Christus.

**) l. I, c. i, § 16. 17.

***) So z. B. bei der Frage nach den Grenzen der erlaubten Selbsthülfe (l. I, c. ii, § 5 ff.) und bei der Lehre vom Eide (l. II, c. xiii, §. 21).

†) l. II, c. xxi, § 14, 1. *Deus ius dominii plenissimum habet, ut in res nostras ita in vitam nostram, ut munus suum, quod sine ulla causa et quovis tempore auferre cuivis quando vult potest. l. III, c. iv, § 9, 1. Dei in homines ius maius est, quam hominum in*

schlechthin unbestimmbaren Willkür Gottes die Selbständigkeit der Begriffe von Recht und Pflicht aufzuopfern. Die Idee der Gerechtigkeit, in dem ganzen weiten Umfange, welchen Grotius diesem Begriffe zuschreibt, schwebt über jedem Willen, auch über dem Gottes; daher ist das *ius naturae adeo immutabile, ut ne a Deo quidem mutari queat**) und die Idee der Gerechtigkeit wird ihre Bedeutung behalten, *etiamsi daretur, Deum non esse* (Proleg. § 11). Nicht eine frivole Selbstüberhebung der Vernunft liegt in diesen Sätzen, sondern sie sind der Ausdruck der Überzeugung, dass das Löbliche und Verwerfliche des Wollens und Handelns sich nach einer von jeder Willkür, auch einer göttlichen unabhängigen Beurtheilung, nach einem idealen Massstabe richte, den man in jener Zeit als die *aeterna et immutabilis iusti et boni natura*, Leibnitz als ewige sittliche Wahrheiten bezeichnete und um dessen willen Kant sagt: «selbst der Heilige des Evangeliums muss mit unserem Ideal der sittlichen Vollkommenheit verglichen werden, ehe man ihn dafür erkennt»**). Rücksichtlich der Anerkennung sittlicher Werthbestimmungen hatte Grotius noch nicht mit der Confusion vieler neueren Systeme zu kämpfen, welche die Frage nach dem Ursprunge und den Quellen des Guten und Bösen, des Rechten und Unrechten fortwährend verwechseln mit der nach dem Inhalte sittlicher Ideen und Gebote; wenigstens beruhigt er sich in dieser Beziehung sehr einfach bei dem Gedanken: *illud ipsum ius naturale, quanquam ex priucipiis homini internis profluit, Deo tamen adscribi merito potest, qui ut talia principia in nobis existerent, ipse voluit* (Proleg. § 12). Daher sagt er auch (ebendas. § 48): *voluntas Dei libera cum vero iure naturae nunquam pugnat.* Das

---

bestias. Daher dürfen wir uns die Handlungsweise Gottes auch nicht immer zum Beispiel nehmen. Vergl. l. III, c. i, § 4, 3. l. II, c. xxi, § 14, 3.

*) l. I, c. i, § 16, 5. Er setzt erläuternd hinzu: *quanquam enim immensa est Dei potentia, dici tamen quaedam possunt, ad quae illa se non extendit; quia quae ita dicuntur, dicuntur tantum, sensum autem, qui rem exprimat, nullum habent, sed sibi ipsis repugnant. Sicut ergo, ut bis duo non sint quatuor, ne a Deo quidem effici potest, ita ne hoc quidem, ut, quod intrinseca ratione malum est, malum non sit.* Daher ist Gott an seine eigenen Versprechungen gebunden (l. II, c. xi, § 4, 1); eine Unwahrheit wäre trotz seines *dominium plenissimum* seiner unwürdig (l. III, c. i, § 20, 1).

**) Diese Denkweise mag man rationalistisch nennen; wenn man aber als ein Merkmal dieses Rationalismus geltend macht, er lege der Vernunft «die Freiheit bei, die Gültigkeit jedes Gebotes annehmen oder nicht annehmen zu können» (Stahl, Rechtsphilos. I, S. 51), so ist das in Bezug auf Grotius ebenso unhistorisch, wie in Beziehung auf Leibnitz und Kant.

ius divinum voluntarium bezeichnet ihm daher hauptsächlich das, was das Sitten- und Rechtsgesetz unbestimmt lässt*), sowie solche Forderungen, welche Gott kraft des *dominium plenissimum* an den Menschen factisch gestellt hat und noch stellt. Die Frage freilich, in welchem Sinne und ob überhaupt von einem Rechtsverhältnisse zwischen Gott und dem Menschen die Rede sein könne, hätte dem Grotius hier sehr nahe gelegen, zumal er weit entfernt ist, in der Weise des Spinoza Macht und Recht für eins zu erklären; vielleicht hätte er dann auch nicht übersehen, dass die Grundlage aller Rechtsverhältnisse, die Berührung in einer gemeinschaftlichen Sinnenwelt für das Verhältniss zwischen Gott und dem Menschen gänzlich fehlt.

Rücksichtlich des *ius voluntarium humanum,* welches neben dem *naturale* allein in den Kreis der Betrachtung fällt, unterscheidet er da, wo er den Begriff desselben zuerst einführt, fast nur beispielsweise und zum Zwecke einer vorläufigen Orientierung drei Arten desselben, das *ius civile,* als das, *quod a potestate civili proficiscitur,* und noch zwei andere Arten, je nachdem die Geltung des *ius voluntarium* auf einen engeren Kreis beschränkt ist als der Staat, oder sich über einen weiteren erstreckt. Das letztere ist das Völkerrecht (*ius gentium*); zu dem ersteren gehört das *ius patrium, dominicum* und dem ähnliches **). Er scheint dabei die Frage ganz zu überspringen, ob die durch den Willen der Einzelnen entstehenden Rechtsverhältnisse ihre Sanction und Bedeutung erst innerhalb des Staats und durch ihn erhalten oder nicht; er scheint die Grösse und Beschaffenheit des Gebiets, für welches das *ius voluntarium* gilt, zu verwechseln mit der Frage nach dem Grunde dieser Gültigkeit selbst. Erwägt man jedoch, dass er für den Staat zum mindesten alle die Schranken einer gesetzgeberischen Willkür anerkennen musste, die in dem von der Sanction des Staats ganz unabhängigen *ius naturale* liegen, und dass er ein Leben ausser dem Staate wenigstens nicht unter die Unmöglichkeiten rechnet, so darf man vermuthen, dass er die Frage: ob Rechtsverhältnisse, die lediglich durch den Willen der Betheiligten gestiftet sind, ihre verbindende Kraft erst durch das Dasein einer das Recht schützenden Macht erhalten, nicht werde bejaht, dass

---

*) l. II, c. i, § 10, 1 a. E.

**) l. I, c. i, § 14, 1. *Ius arctius patens et ab ipsa civili potestate non veniens, quanquam ei subditum, varium est, praecepta patria, dominica et si qua sunt similia.*

er vielmehr dem *ius voluntarium* eine von der Grösse des Gebiets, für welches es gilt, unabhängige Autorität werde beigelegt haben.

Dass aus Willenserklärungen und Handlungen, welche als gewollte aufgefasst zu werden gestatten, Rechte entstehen, wo vorher kein Rechtsverhältniss war, dies zu leugnen kommt dem Grotius niemals in den Sinn; er hätte sich sonst unmöglich so durchgehends auf Versprechen und Verträge, als die Quelle des zwischen den dabei Betheiligten bestehenden Rechts, berufen können [*]). Es ist aber nicht das einseitige Wollen, sammt der Möglichkeit, dasselbe einem Andern gegenüber durchzusetzen, das, was das Recht erzeugt (dass er eine ursprüngliche Erwerbung durch Occupation annimmt, ist, wie sich nachher zeigen wird, nur eine scheinbare Ausnahme dieses Satzes); sondern indem alles Recht ein Verhältniss zwischen mehreren Willen bezeichnet, muss der Wille des Andern auch dabei sein, wo ein Rechtsverhältniss entstehen soll, und der bestimmteste Ausdruck eines solchen Verhältnisses zwischen mehreren Willen ist der Vertrag. Hätten, als Grotius schrieb, Hobbes und Spinoza ihre Ansichten über die Verbindlichkeit der Verträge schon ausgesprochen gehabt, so würde jener wahrscheinlich ausführlicher auf diesen Punkt eingegangen sein. Was sich in seinem Werke darüber findet, bietet fast nur gelegentliche Bemerkungen von ungleichem Gewichte dar. In den Prolegomenen § 15 setzt er zu den schon angeführten Worten: *iuris naturae est pactis stare; ab hoc ipso fonte iura civilia fluxerunt,* in Parenthese die kurze Erläuterung hinzu: *necessarius enim erat inter homines aliquis se obligandi modus, neque vero alius modus naturalis fingi potest.* Diese Worte schliessen nicht streng die Annahme aus, dass die Verbindlichkeit der Verträge nur ein Nothbehelf sei, der

---

[*]) l. II, c. v, § 10, 1. *Principium et hic et in aliis actibus humanis, unde ius oritur, est ius illud, quod facultatem moralem interpretati sumus simul cum voluntate sufficiente. Quae voluntas sit sufficiens ad ius producendum, infra melius tractabitur, ubi de promissis in genere agetur.* Das gilt von der Entstehung eines Rechts nicht nur auf Sachen, sondern auch auf die Person und Leistungen Anderer; der *consensus* ist eine der Hauptquellen, auf welche er (l. II, c. v) die *acquisitio originaria iuris in personas* zurückführt. Er geht dabei so weit, dass er die vertragsmässig unbedingte Unterwerfung eines Volks unter einen Machthaber und die Leibeigenschaft für rechtlich möglich erklärt (l. I, c. iii, § 8, 13). Für solche Rechtsverhältnisse, die sich auf Willenserklärungen gründen, macht er gelegentlich den Satz geltend (a. a. O. § 17, 2): *ius non ex eo quod optimum huic aut illi videatur, sed ex voluntate eius, unde ius oritur, metiendum est.*

wegfallen würde, wenn sich eine andere Art der Verpflichtung erden-
ken liesse; sie lassen unbestimmt, ob die Heilighaltung der Verträge
Sache des Bedürfnisses oder der Pflicht sei.   Nicht viel bestimmter ist,
was er bei anderen Gelegenheiten sagt: die Natur der menschlichen
Gesellschaft dulde es nicht, dass hinreichend deutlich erklärte Willensbestimmungen wirkungslos seien *). Dass gleichwohl der ganzen Lehre
von den Verträgen bei ihm noch ein anderer Gedanke zu Grunde liegt,
zeigt die Art, wie er sich über die Verbindlichkeit blosser Versprechen
erklärt.   Er bestreitet die Nichtverbindlichkeit der sogenannten *pacta
nuda, quae causam non habent,* oder wie man es damals, an den aristote-
lischen Begriff der *δικαιοσύνη συναλλακτική* sich anlehnend, bezeichnete: *quae non habent συνάλλαγμα* (l. II, c. xi, § 1).   Auch entspringt
diese Verbindlichkeit derselben nicht erst aus den bürgerlichen Gesetzen;
denn für diese selbst liegt der Grund ihres Ansehens in ihrer Ähn-
lichkeit mit den Verträgen **).   Vielmehr ist ihm die Verbindlichkeit
der Versprechen und Verträge nur ein anderer Ausdruck für die Idee
des Rechts selbst.   *Ut promissa praestentur,* sagt er l. II, c. xi, § 4, 1,
*venit ex natura immutabilis iustitiae, quae Deo et omnibus his, qui ratione
utuntur, suo modo communis est.*   Diese *immutabilis iustitia* ist nichts als
das missbilligende und verwerfende Urtheil, welches den treffen würde,
welcher den anderen veranlasst hat, auf die dem Versprechen gemässe
Handlung zu rechnen, ohne dann dieser Erwartung zu genügen; so
dass, wenn nunmehr Streit entsteht, der Wortbrüchige allein als der
Urheber desselben angesehen werden müsse.   In diesem Sinne läuft
jede Wortbrüchigkeit der *custodia societatis tranquillae* entgegen und es
gilt allgemein, was er in dieser Beziehung auf einen bestimmten Fall
(l. II, c. iii, § 8, 13) sagt: *quod initio est voluntatis, postea effectum habet
necessitatis.*   Irgend eine erkennbare Kundgebung der Willen ist dabei
natürlich nicht nöthig, obwohl die Art derselben nicht das Wesent-

---

*).l. II, c. iv, § 3. *Non patitur natura humanae societatis, ut actibus animi suffi-
cienter indicatis nulla sit efficacia.* l. III, c. xix, § 1, 3. *ex societate rationis et sermonis
nascitur obligatio ex promissis;* § 2, 2. *quia homines communionem habent iuris naturalis, ex eo nascitur, ut pacta servanda sint.*

**) l. II, c. x, § 3. *ratio nulla reperiri potest, cur leges, quae quasi pactum com-
mune sunt populi, . . obligationem pactis possint addere, voluntas autem cuiusque, hoc
omni modo agentis, ut se obliget, idem non possit, praesertim ubi lex civilis impedimentum non affert.*

liche ist*); wesentlich ist dagegen, dass einerseits ein bewusstvolles Wollen deutlich und unzweideutig an den Tag gelegt werde**), und dass andererseits, wo es sich um eigentliche Übertragung von Rechten handelt, die *acceptatio* des Promissarius erfolge. Grotius würde auf das letztere nicht so viel Gewicht gelegt haben, als er thut (l. II, c. xi, § 14 ff.), wenn er, obwohl er es nicht ausdrücklich ausspricht, nicht gesehen hätte, dass eigentlich erst durch eine ausgesprochene und angenommene Willenserklärung ein Verhältniss zwischen den Betheiligten entsteht, welches den Versprechenden nicht bloss sich selbst, sondern auch dem Andern verpflichtet.

Es scheint nun nicht nöthig, weiter auszuführen, wie von diesen Grundsätzen aus Grotius die Bedingungen der Nichtverbindlichkeit ge-

---

*) l. II, c. iv, § 3. *Iuris effectus, qui ab animo pendent, non possunt ad solum animi actum consequi, nisi is actus signis quibusdam indicatus sit; quia nudis animi actibus efficientiam iuris tribuere non fuit congruum naturae humanae, quae nisi ex signis actus cognoscere non potest.* l. II, c. xi, § 4, 2. *ICtorum dicta de pactis nudis respiciunt id, quod Romanis legibus erat introductum, quae deliberati animi signum certum constituerunt stipulationem . . . Possunt autem naturaliter deliberati animi esse signa praeter stipulationem aut si quid ei simile ad actionem pariendam lex civilis postulat. Quod autem fit animo non deliberato, id nos quoque ad obligandi vim non credimus pertinere.* vergl. ebendas. § 11.

**) Grotius unterscheidet dabei (a. a. O. § 2 — 4) drei Grade minder oder mehr verbindlicher Willenserklärungen. *Primus gradus est assertio explicans de futuro animum, qui nunc est; et ad hanc, ut vitio careat, requiritur veritas cognitionis pro tempore praesenti, non autem, ut in ea cogitatione perseveretur. Habet enim animus humanus non tantum naturalem potentiam mutandi consilium, sed et ius. Secundus gradus est, cum voluntas se ipsam pro futuro tempore determinat, cum signo sufficiente ad indicandam perseverandi necessitatem. Et haec pollicitatio diei potest, quae seposita lege civili obligat quidem aut absolute aut sub conditione, sed ius proprium alteri non dat. . . . Tertius gradus est, ubi ad determinationem talem accedit signum volendi ius proprium alteri conferre: quae perfecta promissio est, similem habens effectum, qualem alienatio dominii. Est enim aut via ad alienationem rei, aut alienatio particulae euiusdam nostrae libertatis. Illuc pertinent promissa dandi, huc promissa faciendi.* In dem dritten Gliede liegt die beschränkende Bestimmung, dass das eigentliche streng verbindliche Versprechen eine Übertragung eines Rechts sei, welches der Versprechende besitzt. Dehnt man diese Beschränkung auf alle Verträge aus, so führt sie zu der Voraussetzung, dass alles Recht etwas ursprünglich, unabhängig von bestimmten Willensacten Vorhandenes, nur auf verschiedene Weise Theilbares sei, und leitet dann unvermeidlich in die Bahn hinein, in welcher sich das spätere Naturrecht bewegte. Dass Grotius im Grunde diese Ansicht nicht theilt, geht daraus hervor, dass er Versprechen und Verträge als rechtserzeugende Vorgänge bezeichnet, z. B. l. II, c. xiv, § 9 *ex promissis et contractibus ius nascitur;* vergl. oben Anmerk. * zu S. 513.

wisser Versprechen und Verträge erörtert. Es kommen dabei Mangel an gehöriger Urtheilskraft, Irrthum, Furcht, Collision mit fremden Rechten u. s. w. ausführlich und sorgfältig zur Sprache. Versprechen, auf welche eine nicht von dem Promissar erregte Furcht Einfluss gehabt hat, erklärt er jedoch keineswegs für nicht verbindlich (a. a. O. § 7; vergl. l. II, c. XVII, § 17 ff.). Namentlich gehört hierher das 19. Capitel des 3. Buchs; fast nirgends tritt die ehrenhafte Gesinnung des Grotius heller hervor, als hier, wo er von der *fides inter hostes* handelt. Selbst Aufrührern und Räubern, ja sogar wortbrüchigen Feinden will er Wort gehalten wissen (c. XIX, § 13, 1; vergl. l. II, c. XIII, § 16). Hervorzuheben ist auch noch, dass er mehr als einmal darauf aufmerksam macht, dass die positiven Gesetze die schwankenden und zweifelhaften Ansprüche ergänzen und regeln müssen, die aus solchen Versprechen und Verträgen entstehen, bei denen etwas an den Bedingungen ihrer verbindenden Kraft fehlt, z. B. bei den Versprechen Minderjähriger und in vielen andern Fällen.

Dass er ferner bei der ganzen Lehre von den Versprechen und Verträgen und somit allen aus ihnen hervorgehenden Rechtsverhältnissen die Erzwingbarkeit der vertragsmässigen Leistung gar nicht für das erste, das Rechtsverhältniss wesentlich charakterisierende, erklärt, dass er vielmehr eine Rechtsverbindlichkeit auch da behauptet, wo äusserer Zwang entweder gar nicht möglich ist oder nur selten angewendet wird, davon ist, abgesehen von dem, was er über die Rechtspflichten der Machthaber im Staate sagt *), ein vorzugsweise deutlicher Be-

---

*) l. II, c. XIV, § 6, 1. *Contractibus, quos rex cum subditis iniit, obligari eum naturaliter tantum, non civiliter, ICti ferme omnes consentiunt; quod loquendi genus perobscurum est. Nam naturalis obligatio interdum a iuris auctoribus dicitur per abusionem de eo, quod fieri natura honestum est, 'quamquam' non vere debitum. . . . 2. Civiliter obligari ex actu suo quis dici potest aut eo sensu, ut obligatio procedat non ex mero iure naturali, sed ex iure civili, vel ex utroque, aut eo sensu, ut in foro actio inde detur. Dicimus ergo ex promisso et contractu regis, quem cum subditis iniit, nasci veram et propriam obligationem, quae ius det ipsis subditis. . . Quodsi tales sint actus, qui a rege, sed ut a quovis alio fiant, etiam civiles leges in eo valebunt; sin actus sint regis qua regis, ad eum civiles leges non pertinent . . . Neque tamen eo minus ex utrovis actu nascetur actio; nempe ut declaretur ius creditoris; sed c o a c t i o sequi non poterit, ob statum eorum, quibuscum negotium est.* Die Späteren, bei welchen Recht und Zwang Correlatbegriffe zu werden anfiengen, tadeln daher auch den Grotius, dass er Rechtsverbindlichkeiten ohne Zwang anerkennt, z. B. Cocceji in seinem Commentar zu Prolegom. § 64 und zu l. II, c. IV.

leg die Art, wie er ohne Rücksicht auf äusseren Zwang die Lüge als eine Rechtsverletzung darstellt (l. III, c. 1). Nach den nöthigen Vorerinnerungen über den Begriff der Lüge fährt er § 11, 1 fort: *Huic notioni laxiori strictior mendacii, qua naturaliter illicitum est, significatio differentiam aliquam propriam adiiciat necesse est, quae, si recte res inspiciatur, . . . nulla videtur alia dari posse praeter repugnantiam cum iure existente et manente eius, ad quem sermo aut nota dirigitur; nam sibi neminem mentiri, ut maxime falsum proferat, satis constat. Ius hic intelligo non quodvis et rei extrinsecum, sed quod proprium sit huic negotio et cognatum. Id autem nihil est aliud quam iudicandi libertas, quam homines colloquentes his, quibus colloquuntur, debere quasi pacto quodam tacito intelliguntur. Haec enim, nec alia est mutua illa obligatio, quam homines introduci voluerunt, simulatque sermone notisque similibus uti instituerunt; nam sine tali obligatione inane fuisset tale repertum.* Es ist freilich eine ungeschickte Wendung, wenn er den Gebrauch der Sprache als eine menschliche Erfindung und Einrichtung bezeichnet, deren Nutzen ohne den stillschweigenden Vertrag der Wahrhaftigkeit aufgehoben werden würde; es ist auch das ein schiefer Gedanke, dass der Lügende das Recht des Belogenen auf «Freiheit des Urtheils» verletzt; denn diese Freiheit des Urtheils wird dem letzteren durch den Versuch, ihn zu belügen, nicht geraubt; aber es liegt doch in dieser Auffassung der Lüge der Gedanke, dass der Lügende etwas für wahr giebt, dessen Unwahrheit er selbst weiss und zwar in der Voraussetzung und Absicht, der Andere werde und wolle das Falsche für wahr hinnehmen; dass er also die vorausgesetzte und von ihm in Anspruch genommene Übereinstimmung des fremden Wollens mit dem eigenen verletzt. Desshalb setzt Grotius auch sogleich hinzu: *desideramus autem, ut quo tempore sermo fit, ius illud subsistat ac maneat, . . . tum vero requiritur, ut ius, quod laeditur, eius sit, quicum loquimur, non alterius.* Fehlen diese Bedingungen, so kann sich das Tadelnswerthe und Widerrechtliche der Lüge nach vielfach abgestuften Graden vermindern, und diesen Gesichtspunkt benutzt Grotius in dem Folgenden (§ 12 ff.) sehr sorgfältig, um die verschiedenen Ansichten über die Verwerflichkeit oder Nichtverwerflichkeit der Lüge auf ihr Mass zurückzuführen.

Diese Auffassung der Lüge hängt bei ihm genau damit zusammen, dass er auch in andern Fällen eine stillschweigende, aber mit Grund vorauszusetzende Übereinstimmung der Willen, also gewisse nicht ausdrücklich erklärte, aber anzunehmende Willensbestimmungen der Betheiligten für eine Quelle des Rechts erklärt. Dass der *tacitus consensus* Rechte begründe, spricht er nicht nur ausdrücklich aus *), sondern er leitet daraus auch mehrere weitreichende Bestimmungen ab.

Hierher gehört vor Allem seine Lehre von der Occupation (l. II, c. ii). Der Vorstellungsweise seines Zeitalters gemäss geht er von einer *communio bonorum primaeva* aus und schildert diese als einen Zustand, der nur bei einer grossen Einfachheit der Lebensverhältnisse oder einer sehr gleichmässig verbreiteten gegenseitigen Liebe haltbar gewesen sein würde **). Ob er gemeint habe, dass die *communio bonorum* irgend einmal factisch bestanden habe, darauf kommt im Wesentlichen nicht viel an; man kann ihre Annahme als die Voraussetzung eines Zustandes betrachten, in welchem Rechte bestimmter Personen auf bestimmte Sachen nicht vorhanden, ja in welchem das Bedürfniss und der Gedanke bestimmter Rechtsgrenzen noch nicht erwacht war. Der ganze Begriff einer solchen *communio* kann also als eine Abstraction von bestimmten Eigenthumsrechten, oder, wenn man will, als eine Fiction angesehen werden, die man eben zum Behufe der Untersuchung macht, wie solche Rechte und Rechtsgrenzen entstehen. Die Antwort auf diese Frage ist nun bei Grotius folgende (l. II, c. ii, § 2, 5): *Res in proprietatem iverunt non animi actu solo; neque enim scire alii poterant, quid alii suum esse vellent, ut eo abstinerent, et idem velle plures poterant; sed pacto quodam aut expresso, ut per divisionem, aut tacito, ut per occupationem. Simulatque enim communio displicuit, nec instituta est divisio, censeri debet inter omnes convenisse, ut, quod quisque occupasset, id proprium haberet.* Also nicht der blosse Act der Aneignung begründet das Recht des Eigenthums; das blosse Zugreifen enthält vielmehr eine Nichtachtung der anderen Willen, und erst die Voraussetzung des allgemeinen Einverständnisses, jeder dürfe das, was er nahm, als das Seinige betrachten und behalten, lässt den Begriff des Rechts an den occupierten Sachen entstehen. Dem Nehmen des Einen steht zur Seite die Bereit-

---

*) *Silentio quaedam conveniri,* sagt er l. III, c. xxiv, § 1, wo er *de fide tacita* handelt, *non male a Iavoleno dictum est, quod et in publicis et in privatis et in mixtis conventionibus usu venit. Causa haec est, quod consensus qualitercunque indicatus et acceptatus vim habet iuris transferendi.*

**) a. a. O. § 2, 1. *Neque is status durare non potuit, si aut in magna quadam simplicitate perstitissent homines, aut vixissent inter se in mutua quadam eximia caritate.*

willigkeit des Überlassens von Seite der Übrigen; aber dieses Überlassen ist nicht schlechthin Sache der Willkür; der Ausdruck: *censeri debet*, deutet darauf hin, dass der, welcher in Beziehung auf eine schon occupierte Sache nicht überliesse, den Vorwurf auf sich laden würde, Urheber des Streits zu sein. Es giebt also bei Grotius ein Recht aus der Occupation erst deshalb und insofern, als es eine Pflicht für die Übrigen giebt, das schon Occupierte als ein fremdes Eigenthum zu respectieren *).

Ganz in ähnlicher Weise behandelt er auch die Verjährung; die Erwerbung durch sie betrachtet er als eine Occupation derelinquierter Sachen. Dass nämlich das Eigenthum durch ausdrückliche Erklärungen und Handlungen aufgegeben und auf Andere übertragen werden kann, versteht sich von selbst; bei der Verjährung entsteht die Frage, inwiefern dies durch Überlassungen so geschehen könne, dass ein Anderer ohne Unrecht die aufgegebene Sache sich aneignen darf. Grotius bemerkt hierüber zuvörderst, dass der blosse Zeitverlauf kein Recht vernichte, folglich auch keins begründe **); was das Recht begründet, ist auch hier die Voraussetzung, dass der Berechtigte sein Recht habe aufgeben wollen ***), und eben darum, weil diese Voraussetzung an sich

---

*) Aus demselben Gesichtspunkte macht Grotius l. II, c. x, § 1, 2 allgemein die *obligatio* geltend, *qua tenetur is, qui rem nostram habet in sua potestate, efficere, ut iu nostram potestatem veniat. Nam sicuti in rerum communium statu observanda erat aequalitas quaedam, ut huic non minus quam alteri rebus communibus uti liceret, ita introducto dominio haec quasi societas inter dominos contracta est, ut, qui rem alienam in sua potestate haberet, eam domino redderet . . . Quia vero haec obligatio tanquam ex contractu universali omnes homines tenet et ius quoddam rei domino parit, eo fit, ut singulares contractus, quippe tempore posteriores exceptionem inde accipiant.* Auf der andern Seite trägt er aber auch Bedenken, den Begriff des Privateigenthums in solcher Strenge festzuhalten, dass ihm gegenüber alle gesellschaftlichen Bedürfnisse und Forderungen verstummen müssten und es nicht auch Pflichten für die Eigenthümer gäbe.

**) l. II, c. iv, § 1. *Tempus ex suapte natura vim nullam effectricem habet: nihil enim fit a tempore, quamquam nihil non fit in tempore.*

***) a. a. O. § 5, 1. *Qui sciens et praesens tacet, consentire videtur. . . . Sic qui rem suam ab alio teneri scit nec quidquam contradicit multo tempore, is, nisi causa alia manifesta appareat, non videtur id alio fecisse animo, quam quod rem illam in suarum rerum numero esse nollet . . .* Ebendas. 4. *Ut ad derelictionem praesumendam valeat silentium, duo requiruntur, ut silentium sit scientis et ut sit libere volentis.* § 6. *Ut haec duo adfuisse censeantur, valent et aliae coniecturae: sed temporis in utrumque magna vis est.* § 8, 1. *Obiiciat aliquis, cum homines se suaque ament, non debere eos credi, quod suum est, iactare ac proinde actus negativos etiam cum magno temporis spatio non suffi-*

nicht unter allen Umständen und Verhältnissen gleich klar und unzweifelhaft ist, wird auch hier eine Ergänzung des «natürlichen» Rechts, wie z. B. schon rücksichtlich der Länge der Verjährungsfrist, durch positive Bestimmungen nöthig. Die Art dieser Ergänzung hängt von der Natur der Verhältnisse ab und ist bedingt durch die Präsumtionen, auf welche die letzteren rücksichtlich des Willens der Berechtigten führen.

Ebenso führt Grotius, um noch ein weitreichendes Beispiel anzuführen, die Gültigkeit des Gewohnheitsrechts auf die Zulässigkeit der Voraussetzung stillschweigender Übereinkunft zurück. Die rechtserzeugende und rechtsbildende Kraft der Gewohnheit und des Herkommens stellt er zwar trotz ihrer Wichtigkeit für die historische Entwickelung der Rechtszustände keineswegs in den Vordergrund seiner Betrachtungen: er berührt sie durchaus nur gelegentlich: aber er verkennt sie auch keineswegs; nur dass er die rechtserzeugende Kraft derselben nicht in der blossen Thatsache des Herkommens, sondern eben in der durch Sitte und Gebrauch begründeten Voraussetzung eines bestimmten, wenn auch nur stillschweigenden Einverständnisses der Wollenden sieht. In diesem Sinne sagt er (l. I, c. iii, § 21, 11): *patientia in ius transit*, und deshalb unterscheidet er Gewohnheiten Einzelner unter einander von solchen, welche die Voraussetzung eines allgemeinen Einverständnisses gestatten*). Die näheren Bestimmungen, unter welchen die Gewohnheit eine rechtliche Wirkung gewinnt, hängen aber wieder mit allen den Überlegungen zusammen, welche überhaupt nö-

---

cere ad eam, quam diximus, coniecturam. Sed cogitare rursum debemus, bene sperandum de hominibus, ae propterea non putandum, eos hoc esse animo, ut rei caducae causa hominem alterum velint in perpetuo peccato versari, quod evitari saepe non poterit sine tali derelictione. 4. Quodsi etiam defeerent ea, quae diximus, tamen adversus praesumptionem, qua quisque sua servare velle creditur, validior est altera, quod credibile non est, quemquam eius, quod vult, longo tempore nullam plane edere significationem idoneam. Den Satz: tausend Jahre Unrecht sind kein Tag Recht, würde er nicht unbedingt zugegeben haben. Er sagt a. a. O. § 10, 1: *quod dicitur, quae ab initio non valent, ex post facto convalescere non posse, hanc habet exceptionem, nisi causa nova, ius per se parere idonea, intercesserit.*

*) Vergl. S. 507 Anm. *** *Haec sunt eius generis*, sagt er l. III, c. 1, § 8, 5 von gewissen Handlungen im Kriege, *ut a quovis suo arbitrio etiam contra consuetudinem usurpari possint, quia consuetudo ipsa singulorum arbitrio, non quasi consensu communi introducta est, qualis consuetudo obligat nominem.* l. III, c. vi, § 22, 1. *Sub legis nomine etiam consuetudinem recte introductam volumus comprehendi.*

thig sind, wo der stillschweigenden Einwilligung eine rechtserzeugende Kraft soll beigelegt werden können *). Dass er auch sonst den mit Grund vorauszusetzenden Willen der Berechtigten für die Behandlung der von ihm abhängigen Verhältnisse auch da als entscheidende Norm ansieht, wo eine bestimmte Erklärung dieses Willens nicht vorliegt, zeigt auch seine Lehre von der Intestaterbfolge (vergl. oben S. 508 Anm. *), die er übrigens durchaus aus dem Gesichtspunkte des präsumtiven Willens des Erblassers, nicht aus dem der Beziehung der Familie zum Staate behandelt.

Aus den bisherigen Erörterungen ist wenigstens soviel leicht zu erkennen, dass der Rechtszustand dem Grotius durchaus nicht auf der Spitze irgend eines einzelnen abstracten Begriffs schwebt, dass er sich vielmehr den Inbegriff dessen, was Recht sei oder werden solle, als ein aus sehr verschiedenen Quellen hervorgehendes, nach den Graden seiner Gültigkeit und Zweckmässigkeit vielfach abgestuftes Ganzes von Bestimmungen für den Verkehr und die Berührungen der Menschen unter einander denkt. Während ein sehr grosser Theil dieser möglichen Bestimmungen dem eigenen Ermessen und Wollen der Betheiligten anheimfällt, schwebt über allen das *ius naturale* in seiner weitgreifenden Vieldeutigkeit als eine Summe regulativer Principien, nicht sowohl in dem Sinne, dass es Forderungen und Ansprüche bezeichnet, welche jeder Einzelne als s e i n Recht geltend machen dürfe, sondern vielmehr in dem Sinne, dass es Vorschriften andeutet, die jeder zu erfüllen hat, damit ein vernünftiger gesellschaftlicher Zustand entstehen könne **).

---

*) z. B. l. II, c. iv, § 5, 2 vergleicht er die Entstehung des Gewohnheitsrechts mit der Verjährung, indem er sagt: *Haec quoque (consuetudo), semotis legibus civilibus, quae certo tempore ac modo eam introduci volunt, . . introduci potest, ex eo quod . . . toleratur; tempus, quo consuetudo effectum iuris accipit, non est definitum, sed arbitrarium, quantum satis est, ut concurrat ad significandum consensum.*

**) Die Vorläufer des Grotius bedienen sich überhaupt viel seltener des Ausdrucks *ius naturae*, als *lex naturae*, und die Bedeutung des ersteren wird durch die des letzteren bestimmt. *Lex naturae* bezeichnet ihnen aber nicht Befugnisse des Einzelnen, sondern eine allgemeine Regel, der sich jeder zu unterwerfen hat. So definiert z. B. Hemming die *lex naturae* als *divinitus impressa mentibus hominum notitia certa principiorum cognitionis et actionis atque conclusionum ex istis principiis demonstratarum.* Ebenso sagt Winkler (*princip. iur. l. II, c. i*): *Dicemus legem a iure differre, ut constituens a constituto, causam ab effectu.* In dem späteren Naturrecht war es umgekehrt; denn die angeborenen R e c h t e waren da das erste.

Es dringt sich also die Frage auf, ob der Begriff angeborener Rechte dem Grotius ganz fremd und unbekannt ist, und diese Frage kann um so weniger übergangen werden, als an das, was bei ihm darüber vorkommt, sich die Lehre von dem Rechtszwange, zunächst unter der Gestalt der Selbsthülfe, genauer anschliesst; als es bei seinen übrigen Principien nöthig gewesen wäre.

Den Ausdruck *iura connata* erinnere ich mich nun nicht irgendwo bei ihm gefunden zu haben; auch was er *acquisitio originaria iuris* nennt ist nichts weniger als ein angeborenes Recht; denn jede solche Erwerbung setzt entweder bestimmte Naturverhältnisse (wie z. B. bei den Rechten der Eltern über die Kinder) oder Willenserklärungen, und, wenn nicht ausdrückliche oder stillschweigende Einwilligung der Betheiligten, doch ein schon geordnetes System eines anerkannten Rechtszustandes voraus. Gleichwohl kommen bei ihm ein paar Stellen vor, in welchen zwar nicht das Wort, aber der Gedanke angeborener Rechte enthalten ist. *Recta ratio ac natura societatis,* sagt er l. I, c. ii, § 1, 5, *non omnem vim inhibet, sed eam demum quae societati repugnat, id est quae ius alienum tollit. Nam societas eo tendit, ut suum cuique salvum sit communi ope et conspiratione. Quod facile iutelligi potest locum habiturum, etiamsi dominium, quod nunc ita vocamus, introductum uon esset. Nam vita, membra, libertas sic quoque propria cuique esseut ac proinde uou sine iniuria ab alio impeterentur. Sic et rebus in medio positis uti et quantum natura desiderat eas absumere ius esset occupantis; quod ius qui ei eriperet, faceret iniuriam* *). Es giebt also ein *suum cuique* vor den geselligen Berührungen, welches vielleicht Grotius selbst als ein angeborenes zu bezeichnen wenigstens an dieser Stelle nicht Anstand genommen haben würde. Wie schwankend jedoch der Umfang der hier ganz gelegentlich auftretenden, von jeder Beziehung zu andern unabhängigen Rechte ist, lässt sich schwer verkennen; denn wenigstens das Recht, sich so viel anzueignen als die Natur verlangt, könnte, da doch zunächst nur jeder für sich selbst wissen kann, wie viel er braucht, für eine gewaltthätige, genuss- und habsüchtige Natur sehr weit ausgedehnt werden, während andererseits das blosse Leben sammt dem Gebrauche der Glieder und dem nackten Begriffe der Freiheit viel we-

---

*) Vergl. l. II, c. xvii, § 2, 1. *Natura homini suum est vita, non quidem ad perdendum, sed ad custodiendum, corpus, membra, fama, honor, actiones propriae.*

niger bedeutet, als was Grotius selbst in einem geordneten Rechtszustand dem Einzelnen zugestanden wissen will. In der That macht er aber auch von diesen Sätzen keinen weitern, die Veranlassung, bei welcher er sie ausspricht, überschreitenden Gebrauch, vielmehr beschränkt er sie durch spätere Erörterungen dergestalt*), dass von den darin liegenden Rechten nichts übrig bleibt, als die Erinnerung an Naturverhältnisse und Naturbedürfnisse, welche Befriedigung erheischen, wenn der Friedensstand eintreten und Festigkeit gewinnen soll. In diesem Sinne konnte er sagen, dass jemandem ein Recht von Natur zustehe, ohne dabei an angeborene Rechte im Sinne der Späteren zu denken.

Der ganze Begriff der angeborenen Rechte wird nämlich bei ihm in der That nur zu dem Zwecke eingeführt, um da, wo kein geordneter Rechtszustand genügende Sicherheit darbietet, die Selbsthülfe und

---

*) Hierher gehört die Art, wie er das Recht aus der Occupation auf die Bedingung eines allgemeinen gegenseitigen Überlassens einschränkt (s. oben S. 518). Das Recht am eigenen Leben beschränkt er durch die Pflicht seines vernünftigen Gebrauchs. Dass er die Freiheit im Sinne einer rechtlich begründeten Befugniss auffasst, darüber s. oben S. 504 Anm. *. Die natürliche Freiheit ist ihm etwas, was sich mit rechtlicher Wirkung veräussern lässt. *Libertas*, sagt er l. II, c. xxii, § 11, *cum natura competere hominibus aut populis dicitur, id intelligendum est de iure naturae praecedente factum humanum et de libertate* κατὰ στέρησιν, *non de ea, quae est* κατ᾽ ἐναντιότητα, *hoc est, ut natura quis servus non sit, non ut ius habeat ne unquam serviat; nam hoc sensu nemo liber est.* Von der freiwilligen Unterwerfung, *subiectio ex consensu*, handelt er ausführlich l. II, c. v, § 26 ff. Es giebt von ihr verschiedene Arten und Grade. *Nobilissima species est arrogatio, ignobilissima, qua quis se dat in servitutem perfectam.* Zwischen beiden liegen mancherlei Grade der *servitus imperfecta, ut quae aut in diem sit, aut sub conditione, aut ad res certas* (§ 30). Freiwillige Hingabe in vollkommene Dienstbarkeit in ihren rechtlichen Wirkungen zu bezweifeln, fällt ihm gar nicht ein; er erinnert an unsere Vorfahren, die um ihre Freiheit spielten. Er setzt hinzu § 27, 2: *Est autem servitus perfecta, quae perpetuas operas debet pro alimentis et aliis, quae vitae necessitas exigit; quae res si ita accipiatur in terminis naturalibus* (also auch ohne dass dem Herrn das Recht über Leben und Tod des Dieners zusteht, § 28) *nihil habet in se nimiae acerbitatis. Nam perpetua ista obligatio compensatur perpetua illa alimentorum certitudine, quam saepe non habent, qui diurnas operas locant.* Das Recht über die Kinder solcher Dienstleute leitet er aus den auf ihre Auferziehung verwendeten Kosten ab, welche jedoch abgearbeitet werden können (§ 28). Was er l. III, c. vii über das Recht des Herrn über kriegsgefangene Sklaven sagt, muss mit c. xiv verglichen werden, welches das *temperamentum circa captos* enthält. Vergl. oben S. 497. — Zu den unveräusserlichen Rechten rechnet er die Freiheit gewiss nicht; dagegen kennt er eine andere Art unveräusserlicher Rechte; nämlich solche, welche auf unveränderlichen Naturverhältnissen und unübertragbaren Pflichten beruhen, z. B. die väterliche Gewalt; vergl. l. III, c. vii, § 4.

Nothwehr zu rechtfertigen. *Inter prima naturae*, sagt er l. II, c. 11, § 1, 4, *nihil est quod bello repugnet, imo omnia potius ei favent. Nam et finis belli, vitae membrorumque conservatio et rerum ad vitam utilium aut retentio aut acquisitio illis primis naturae maxime couvenit, et vi ad eam rem, si opus sit, uti, nihil habet a primis naturae dissentaneum, cum animantibus singulis vires ideo sint a natura attributae, ut sibi tuendis iuvandisque sufficiant.* Daher (§ 6) *non est contra societatis naturam sibi prospicere atque consulere, dum ius alienum non tollatur; ac proinde nec vis, quae alterius iura non vitat, iniusta est.* Auf diese Zulässigkeit der Selbsthülfe kommt er natürlich oft zurück, da sie nur ein anderer Ausdruck für den nächsten Gegenstand seines Werks, den Krieg, ist; namentlich im 1. Capitel des 3. Buchs; ja hier beruft er sich sogar auf den Satz, dass das Recht zum Zwecke auch Recht zu den Mitteln gebe und dass daher das Recht der Selbsthülfe sich so weit erstrecke, als die Sicherheit des Berechtigten es verlange*). Aber bei dieser ganzen Lehre, aus der dann das *moderamen inculpatae tutelae* der Späteren hervorgegangen ist, vermischt Grotius die Frage nach der Zulässigkeit der Selbsthülfe und Nothwehr innerhalb eines schon geordneten Rechtszustandes mit der Bedeutung, welche dieselbe da hat, wo ein Rechtsverhältniss zwischen den Betheiligten eigentlich gar nicht besteht. Wenn zwei in einem Zustande, der durch Recht und Gesetz nicht im mindesten geordnet ist, um Leib und Leben kämpfen, oder überhaupt in einer Lage sind, in welcher die Bedingungen einer rechtlichen Auseinandersetzung entweder gar nicht vorhanden sind oder beharrlich und gewaltsam versagt werden, so ist die Naturnothwendigkeit des daraus entstehenden Kampfes nichts weniger als der Ausdruck eines Rechtsverhältnisses, vielmehr die reine Negation desselben; je weniger die Men-

---

*) a. a. O. § 2, 1. *Ea, quae ad finem ducunt in morali materia, aestimationem intrinsecam accipiunt ab ipso fine: quare quae ad finem iuris consequendi sunt necessaria, necessitate sumta non secundum physicam subtilitatem, sed moraliter, ad ea ius habere intelligimur. Ius dico illud, quod stricte ita dicitur et facultatem agendi in solo societatis respectu significat. Quare si vitam aliter servare non possum, licet mihi vi qualicunque arcere eum, qui impetit, etiamsi forte is peccato vacet: quia ius hoc non proprie ex peccato alterius oritur, sed ex iure, quod mihi pro me natura concedit.* Sogar das *ius laesi infinitum* kommt bei ihm vor. L. II, c. 1, § 10, 1. *Si mera iustitia explectrix respiciatur, ... quamquam inaequalia sunt mors et alapa, tamen, qui iniuria me parat afficere, is mihi eo ipso dat ius ... adversus se infinitum, quatenus aliter malum a me arcere nequeo.*

schen zu einander in ein Verhältniss treten, welches sich von dem zu wilden Thieren unterscheidet, desto weniger kann von einem Rechtsverhältnisse zwischen ihnen die Rede sein*). Grotius ist auch nichts weniger als abgeneigt, die ursprünglich jedem Einzelnen zustehende Befugniss, sein Recht zu schützen, innerhalb der letzteren fallen zu lassen. Er sagt l. I, c. IV, § 2, 1: *civili societate ad tuendam tranquillitatem instituta, statim civitati ius quoddam maius in nos et nostra nascitur, quatenus ad finem illum id necessarium est. Potest igitur civitas ius illud resistendi promiscuum publicae pacis et ordinis causa prohibere. Et quin voluerit dubitandum non est, cum aliter non possit finem suum consequi. Nam si maneat illud resistendi ius, non iam civitas erit, sed dissoluta multitudo;* wobei die Frage nahe liegt, ob eine Befugniss, die im Staate den Begriff des Rechtszustandes aufhebt, ausserhalb des Staats ihm zu entsprechen geeignet sei. Innerhalb der Rechtsgesellschaft unterliegt es dem Grotius keinem Zweifel, dass das Recht der Selbsthülfe erst da eintritt, wo ein anderer Rechtsschutz nicht zu erlangen ist**); dasselbe kann daher hier nur momentan sein, und die Gesetze über die Grenzen der erlaubten Selbsthülfe sollen die Dringlichkeit der Umstände nicht überschreiten***). Zwischen unabhängigen Staaten giebt es freilich in letzter Instanz kein anderes Mittel der Entscheidung als den Krieg; und obwohl er hier die Befugniss zur gewaltsamen Selbsthülfe weiter ausdehnt als rücksichtlich der Verhältnisse blosser Privatleute †), so

---

*) l. II, c. I, § 3. *sufficit, quod ego non tencor id, quod ille intentat, pati, non magis, quam si bestia aliena periculum intentaret.* Es ist gewiss eine gefährliche Verwechselung, wenn Handlungen, die da, wo die Bedingungen der Möglichkeit des Rechtszustandes von der andern Seite versagt werden, unvermeidlich sein mögen, selbst als Ausdruck eines Rechts bezeichnet werden. Die Folgen dieser Verwechselung treten bei Grotius nur desshalb nicht so schroff hervor, weil er sehr sorgfältig die Pflicht des Angegriffenen hervorhebt, seine Selbsthülfe nicht weiter auszudehnen als die äusserste Noth verlangt (l. II, c. I, § 5, 1. *periculum praesens requiritur et quasi in puncto*) und sie überhaupt auf engere Grenzen einschränkt, als die damaligen Theologen und Juristen (a. a. O. § 10 ff.). Es kann hier auch an seine eigene Bestimmung erinnert werden, dass das, was unter Umständen erlaubt ist, desshalb noch nicht als Recht bezeichnet werden dürfe; vergl. oben S. 504 Anm. **

**) l. II, c. 1, § 2, 1. *Ubi iudicia deficiunt, incipit bellum.*

***) l. II, c. I, § 14. *Quaeritur a nonnullis, an non lex saltem civilis, ut ius habens vitae et necis, si quo casu permittat furem interfici a privato, simul etiam praestet, ut id ab omni culpa sit liberum. Minime vero id concedendum arbitror* u. s. w.

†) a. a. O. § 16.

macht er doch die Rechtmässigkeit eines Kriegs nicht bloss von der Rücksicht auf frühere Rechtsverhältnisse abhängig, sondern er will die letzteren auch im Kriege respectiert wissen.

Alles, was nun Grotius von der Selbsthülfe sagt, gilt auch von dem Rechtszwange. Der Zwang tritt hinzu zu dem schon vorhandenen Rechte, gleichviel ob es ein natürliches oder ein durch Verträge erworbenes ist, als Mittel seines Schutzes, seiner Realisierung, sobald die freiwillige Erfüllung desselben versagt wird. *Ipsum qui promisit*, sagt er l. II, c. xvi, § 1, *solum si spectamus, sponte id praestare obligatur, in quod obligari voluit. Sed quia interni actus per se spectabiles non sunt, et certi aliquid statuendum est, ne nulla sit obligatio, si quisque sensum quem vellet sibi affingendo liberare se posset, ipsa dictante naturali ratione ius est ei, cui quid promissum est, promissorem cogere ad id, quod recta interpretatio suggerit. Nam alioquin res exitum non reperiret: quod in moralibus pro impossibili habetur.* Sowie es dem Grotius aber überhaupt mehr darum zu thun ist, auseinanderzusetzen, was Recht sei oder werden solle, als die Mittel des Rechtsschutzes und der Rechtsverfolgung in eine genauere Betrachtung zu ziehen, so bleibt es auch in Beziehung auf den Rechtszwang so ziemlich bei dieser allgemeinen Hinweisung auf dessen Unentbehrlichkeit, ohne dass er auf eine sorgfältigere Untersuchung über die Bedingungen, Formen und Grenzen desselben einzugehen sich veranlasst findet. Es begegnet ihm hierbei mehr als einmal, dass er das Recht der Zwangsanwendung verwechselt mit der physischen Möglichkeit derselben und das erstere von der letzteren abhängig macht, wodurch die ganze Frage sich verschiebt *). Auf die ganze Lehre von der Selbsthülfe und dem Zwange hat bei ihm theils der schwankende Begriff der *societas*, theils der Umstand nachtheilig eingewirkt, dass der nächste Zweck seiner Schrift ihn verleitete, die Selbsthülfe als das Erste, den gesellschaftlichen Rechtsschutz als das Zweite, Abgeleitete zu betrachten, während er doch selbst mehrmals den Gedanken wenigstens andeutet, dass das unbedingte Recht

---

*) Namentlich begegnet ihm dies bei der Frage nach dem Verhältniss der Unterthanen zu der obersten Gewalt im Staate. Vergl. die oben S. 516 Anm. * angeführte Stelle. l. I, c. iii, § 17, 1. *Cogere eum inferioris natura repugnat.* l. II, c. xxv, § 3, 4. *Par parem cogere non potest, nisi ad id quod ex iure debetur stricte dicto; at superior cogere potest etiam ad ea, quae virtus quaelibet praecipit, quia in iure proprio superioris, qua superior est, hoc est comprehensum.*

der Selbsthülfe eigentlich einem Zustande angehört, der den Charakter des Rechtszustandes noch nicht angenommen oder ihn, wenn auch nur momentan, verloren hat.

Verwandt mit dem Zwange ist die Strafe. Je sorgfältiger Grotius gerade diesen Gegenstand behandelt, desto nothwendiger ist es, zuvörderst noch die allgemeinen ethischen Rücksichten näher zu bezeichnen, an welche er die Gestaltung und Handhabung des Rechts gebunden wissen will, und dadurch die oben S. 504 ff. gegebenen Andeutungen zu ergänzen. Diese Rücksichten werden ihm wesentlich bestimmt durch die Ideen der Billigkeit und des Wohlwollens. Zwar sondert er diese beiden Begriffe weder unter einander, noch von dem Begriffe des Rechts mit hinlänglicher Genauigkeit, vielmehr schliesst er sie, wie oben nachgewiesen, sämmtlich unter dem weitschichtigen Namen des *ius naturale* ein; aber die Rücksicht auf beide ist ein seine Erörterungen durchgehends begleitender Gedanke und ein Rechtszustand, sowie eine Geltendmachung desselben, die beide ganz unbeachtet liessen, hat in seinen Augen nur einen untergeordneten Werth. Nachdem er einmal den Satz ausgesprochen hat (l. I, c. III, § 4, 3): *omnia dicta quantumvis universalia, aequitatem habent interpretem,* darf es nicht überraschen, wenn wir ihn überall, wo das Verhältniss des Leistens und Empfangens in Frage kommen kann, auf denselben zurückkommen sehen. Um dies an einigen wichtigen und weitgreifenden Beispielen zu zeigen, mag daran erinnert werden, dass er l. II, c. II, § 6 sich die Frage vorlegt: welche Rechte auch unter Voraussetzung des Eigenthums Allen an fremden Sachen bleiben*). Er setzt sogleich hinzu: *quod quaeri mirum forte aliquis putet, cum proprietas videatur absorpsisse ius illud omne, quod ex rerum communi statu nascebatur. Sed non ita est. Spectandum enim est, quae mens eorum fuerit, qui dominia singularia introduxerunt; quae credenda est talis fuisse, ut quam minimum ab aequitate naturali recesserit. Nam si scriptae etiam leges in eum sensum trahendae sunt, quatenus fieri potest, multo magis mores, qui scriptorum vinculis non tenentur.* Er leitet daraus, unter Hinzufügung der nöthigen Beschränkungen, theils das Recht, im Falle der äussersten, auf keine andere Weise vermeidlichen Noth fremden Eigenthums zur Befriedigung unabweisbarer Naturbedürfnisse sich zu bedienen, theils das Recht des un-

---

*) *Videamus ecquod ius communiter hominibus competat in eas res, quae iam propriae aliorum factae sunt.*

schädlichen Gebrauchs fremder Sachen ab; aus letzterem dann weiter als Forderungen der natürlichen Billigkeit das Recht der ungehemmten Benutzung schiffbarer Gewässer, das eines durch Durchgangszölle nicht gehemmten Verkehrs, die Pflichten der internationalen Hospitalität, die Freiheit der Ansiedelung und Ähnliches *). Ganz in gleicher Weise macht er l. II, c. xii, § 8 ff. bei der Lehre von den Verträgen den schon oben angeführten Satz geltend: *in contractibus natura aequalitatem imperat, et ita quidem ut ex inaequalitate ius oriatur minus habenti*, um ausführlich zu entwickeln, welche Folgen dieser Satz theils rücksichtlich der rechtserzeugenden Kraft der Willenserklärungen, theils rücksichtlich des Objects habe, um welches es sich handelt **), wobei er auch auf die Frage nach dem veränderlichen Werthe des Geldes als des Mittels der Ausgleichung, nach der Zulässigkeit der Zinsen und Monopole eingeht. Ebenso dringt er l. II, c. xvi, § 26 ff. bei der Auslegung der Verträge, wo später eingetretene Umstände eine wörtliche Auslegung des Vertrags als dem ursprünglichen Willen der Contrahenten nicht angemessen erscheinen lassen würde, auf billige Restriction des Vertrags ***). End-

---

*) a. a. O. § 6 — 24.

**) a. a. O. § 8. *Haec aequalitas partim consistit in actibus tum praecedancis tum principalibus, partim in eo de quo agitur.* § 9, 1. *Ad praecedaneos actus pertinet, quod is, qui cum aliquo contrahit, vitia sibi nota rei de qua agitur significare debet . . .* § 10. *Neque vero tantum in intellectu rerum, sed et in voluntatis usu quaedam contrahentibus inter se aequalitas debetur, non quidem, ut, si quis antecessit metus iuste incussus, is demi debeat; id enim contractui extrinsecum est; sed ne quis incutiatur contrahendi causa, aut si incussus est, ut dematur . . .* § 11, 1. *In ipso actu principali haec desideratur aequalitas, ne plus exigatur, quam par est. Quod in beneficis contractibus locum vix habere potest . . . At in permutatoriis omnibus sollicite id observandum est, nec est, quod quispiam dicat, id quod altera pars amplius promittit, donatum censeri. Neque enim solet hic esse tales contractus ineuntium animus, nec praesumendus est nisi appareat. Quod enim promittunt aut dant, credendi sunt promittere aut dare tanquam aequale ei, quod accepturi sunt utque ius aequalitatis ratione debitum . . .* § 12, 1. *Restat aequalitas in eo, de quo agitur, in hoc consistens, ut, etiamsi nec celatum quicquam sit, quod dictum opportuit, nec plus exactum, quam deberi putabatur, in re tamen deprehendatur inaequalitas, quamquam sine culpa partium, puta quod vitium latebat aut de pretio errabatur, ea quoque sit resarcienda et demendum ei, qui plus habet, reddendumque minus habenti . . .* § 13, 1. *Notandum est, quandam rei aequalitatem spectari et in contractibus beneficis, sed ex suppositione eius quod agitur, nequis scilicet ex beneficio damnum sentiat . . .* 2. *Quae omnia Romanis quidem congruunt legibus, sed non ex illis primitus, sed ex aequitate naturali veniunt.*

***) *Repugnantia causae emergentis cum voluntate solet ab oratoriae artis magistris referri ad eum quem dixi locum περὶ ῥητοῦ καὶ διανοίας. Est autem duplex: nam aut*

lich bei Entscheidung des streitigen Rechts widmet er eine besondere Betrachtung der Function des Schiedsrichters (*arbiter*), welcher eine billige Ausgleichung der gegenseitigen Ansprüche herbeizuführen bestimmt ist, und dehnt hier den Begriff der *aequitas* so weit aus, dass sie alles umfasst, *quod rectius fit, quam non fit, etiam extra iustitiae proprie dictae regulas* (l. III, c. xx, § 46. 47). Er stimmt hier dem Aristoteles bei, indem er sagt: *aequi et commodi hominis esse,* εἰς δίαιταν μᾶλλον ἢ εἰς δίκην βούλεσθαι ἰέναι· ὁ γὰρ διαιτητὴς τὸ ἐπιεικὲς ὁρᾷ, ὁ δὲ δικαστὴς τὸν νόμον. καὶ τούτου ἕνεκα διαιτητὴς εὑρέθη ὅπως τὸ ἐπιεικὲς ἰσχύῃ.

Bei dem Gewichte, welches Grotius im Allgemeinen auf die Idee der Billigkeit legt, lässt sich nun erwarten, dass er eine Lehre, die wenigstens zur Hälfte auf dieser Idee beruht, nämlich die vom Strafrecht, nicht ohne Rücksicht auf sie werde ausgeführt haben. Er definiert die Strafe sogleich im Eingange seiner Untersuchung über diesen Gegenstand (l. II, c. xx, § 1, 1) als *malum passionis quod infligitur ob malum actionis* und unterscheidet sie durch die Beziehung auf das letztere vom blossen Schadenersatz *), worin zugleich der Gedanke liegt, dass das Strafübel sich zunächst und wesentlich auf absichtliche Übelthaten bezieht. Die Frage, ob überhaupt gestraft werden dürfe, beantwortet sich ihm ganz einfach durch den Satz: *inter ea, quae natura ipsa dictat licita esse et non iniqua, est et hoc, ut qui male fecit, malum ferat* (a. a. O. § 1, 2); die Billigkeit erhebt keinen Einspruch gegen verdiente Strafe; das erste aber, was die letztere zu beachten hat, ist *aequalitas inter culpam et poenam* (ebendas. § 2, 1). Eben deshalb gehöre die Zufügung der Strafe nicht zur *iustitia assignatrix*, welche

---

voluntas colligitur ex naturali ratione aut ex alio signo voluntatis. Diiudicandae voluntati ex naturali ratione Aristoteles . . . propriam virtutem tribuit in intellectu, γνώμην *sive* εὐγνωμοσύνην *i. e. aequiprudentiam, in voluntate vero* ἐπιείκειαν *i. e. aequitatem, quam sapienter definit correctionem eius, in quo lex deficit ob universalitatem . . . Nam quia casus nec praevideri omnes possunt nec exprimi, ideo libertate quadam opus est eximendi casus, quos, qui locutus est, si adesset, eximeret: non tamen temere, . . sed ex sufficientibus indiciis. Certissimum indicium est, si quo casu verba sequi illicitum esset, id est pugnans cum naturalibus et divinis praeceptis. . . . Secundum erit indicium, si verba sequi . . . rem aeque aestimanti sit nimis grave et intolerabile, sive absolute spectata conditione humanae naturae sive comparando personam et rem, de qua agitur, cum ipso fine actus* u. s. w.

*) l. II, c. xvii, § 22. *In criminibus vitiositas actus ab effectu discernenda est; illi poena respondet, huic damni reparatio.*

einem das ertheilt, worauf er einen Rechtsanspruch habe, sondern zur *expletrix*, jedoch auch dies nicht in dem Sinne, als ob die Strafe dem Verbrecher etwas gebe, was man ihm schuldig sei, sondern in sofern, als zu ihrer Ertragung der Verbrecher durch seine That selbst sich stillschweigend verbunden habe *). Grotius verwirft also die sittliche Nothwendigkeit der strafenden Vergeltung und somit die später so genannte absolute Strafrechtstheorie; und zwar aus dem Grunde, weil die Strafzufügung ohne ein anderes sie rechtfertigendes Motiv ihm als eine Verletzung des Wohlwollens verwerflich erscheint. *Quia omnis poena*, sagt er l. II, c. xx, § 22, 2, *praesertim gravior, aliquid habet, quod per se spectatum, non quidem iustitiae, sed caritati repugnat, facile patitur ratio ab ea abstineri, nisi maior et iustior caritas quasi irrefragabiliter obstitit.* Denselben Gedanken drückt er a. a. O. § 4 und 5 so aus: *homo ita homini alteri ipsa consanguinitate alligatur, ut nocere ei non debeat, nisi boni alicuius consequendi causa.* Bei Strafen Gottes sei das Verhältniss wegen dessen absoluter Machtvollkommenheit ein anderes; *at homo cum hominem sibi natura parem punit, aliquid sibi debet habere propositum.* Strafe, lediglich um der Strafe willen, fällt ihm zusammen mit der Rache; *dictat ratio homini nihil agendum, quo noceatur homini alteri, nisi id bonum aliquod habeat propositum; in solo autem inimici dolore ita nude spectato nullum est bonum, nisi falsum et imaginarium, . . .*

---

*) l. II, c. xx, § 2 und 3. *Dicere poenam deberi ei, qui deliquit, plane est ἄκυρον. Nam cui proprie debetur aliquid, is in alterum ius habet. Sed cum deberi alicui poenam dicimus, nihil volumus aliud, quam aequum esse, ut puniatur. . . Hac in re est aliquid, quod ad contractuum naturam accedit: quia sicut, qui vendit, etiamsi nihil peculiariter dicat, obligasse se censetur ad ea omnia, quae venditionis sunt naturalia, ita qui deliquit, sua voluntate se videtur obligasse poenae, quia crimen grave non potest non esse punibile, ita ut qui directe vult peccare, per consequentiam et poenam mereri voluerit.* Es ist nicht überflüssig, bei dieser ganzen Lehre von der Strafe des Grotius *defensio fidei catholicae de satisfactione Christi adversus Socinum* (Lugd. Batav. 1617) zu vergleichen. Der Beweis für den Satz: *poena non est debitum,* wird dort S. 37 ff. sehr ausführlich in dem Sinne zu führen gesucht, dass der Verletzte keinen Rechtsanspruch auf Bestrafung des Verletzenden habe. S. 42 setzt er hinzu: *Quaeret forte aliquis, cum deberi poena dicitur, quis hic sit creditor. Notandum vocem debere non semper denotare relationem inter duas personas. Saepe: debeo hoc facere, nihil aliud est quam: convenit hoc a me fieri, sine respectu ad alteram personam. Contrarium in praemiis; recte enim dicitur, debetur illi praemium, at certa persona, quae debeat, seposita lege civili, non apparet . . . Ordo rerum bonumque publicum fungitur vice creditoris, cuius ordinis bona dispensatio rectori permissa est.* Er verlangt öffentliche Ankläger, als Vertreter des *ordo publicus.*

pugnat ergo cum natura hominis in hominem agentis alieno dolore qua dolor est satiari.

Demgemäss legt er sich die Pflicht einer genaueren Untersuchung über die die Zufügung der Strafe rechtfertigenden Motive auf [*]. Dieses Motiv, der Zweck der Strafe, kann liegen in der *utilitas aut eius, qui peccavit, aut eius, cuius intererat, non peccatum esse, aut indistincte quorumlibet.* Der erste bezeichne die Besserung des Verbrechers, die pädagogische Wirkung der Strafe, die jedoch ihrer Natur nach enge Grenzen habe; solche Strafen können sich wenigstens nicht bis zur Lebensstrafe ausdehnen [**]. Der zweite Zweck ist Sicherung des Verletzten gegen die künftigen Verbrechen entweder des Verbrechers selbst oder anderer. *Ne qui laesus est, ab eodem malum patiatur, tribus modis curari potest; primum si tollatur, qui deliquit, deinde si vires nocendi ei adimantur, postremo si malo suo dedoceatur delinquere, quod cum emendatione, de qua iam egimus, coniunctum est. Ne ab aliis laedatur, qui laesus est, punitione non quavis, sed aperta atque conspicua, quae ad exemplum pertinet, obtinetur* (a. a. O. § 8, 1). Der dritte Zweck ist allgemeine Sicherheit gegen Verbrechen, und die Mittel seiner Erreichung fallen mit denen der Erreichung des zweiten zusammen [***].

In diesen verschiedenen Zwecken der Strafe sind die Gesichtspunkte, welche später als die beherrschenden Grundgedanken der sogenannten relativen Strafrechtstheorieen aufgestellt und weiter entwickelt worden sind, ebenso vollständig als deutlich enthalten; Grotius selbst ist jedoch nicht der Meinung, dass irgend einer dieser Gesichtspunkte mit Ausschluss der übrigen das ganze System strafrechtlicher Bestimmungen zu beherrschen fähig oder berechtigt sei. Vielmehr spricht er ausdrücklich den Satz aus (a. a. O. § 13, 1): *omnes fines cessare oportet, ut poenae non sit locus,* und würde ohne Bedenken diejenige Strafe in jedem einzelnen Falle für die beste erklärt haben, welche die verschiedenen möglichen Zwecke am wirksamsten und vollständigsten erreichte. Wer

---

[*] a. a. O. § 5, 4. *Liquet hominem ab homine non recte puniri posse tantum puniendi causa. Quae ergo utilitas rectam faciat poenam, videamus.* § 6, 2. *Subtilius haec examinanda sunt.*

[**] Vergl. a. a. O. § 7, 1—4 mit § 20, 1.

[***] a. a. O. § 9, 1. *Utilitas indistincte quorumlibet easdem habet partes, quas illa, quae ad laesum pertinet.* Namentlich gehören hierher alle abschreckende Strafen, *quae ideo adhibentur, ut unius poena metus sit multorum.*

ihm daraus den Vorwurf des Synkretismus machen wollte, müsste nachweisen, dass der Versuch, mit einem an sich zulässigen Mittel mehrere Zwecke zugleich zu erreichen, diesem Vorwurf unterliege; leugnen lässt sich jedoch nicht, dass des Grotius Erörterungen über die Fälle, in welchen gestraft oder die Strafe erlassen werden soll, so wie über das Mass der Strafe von dieser Rücksicht auf die möglichen Wirkungen der Strafe so abhängig sind, dass er mehrmals in Gefahr kommt, die Grenzen zu übersehen, welche er selbst durch den Begriff der Billigkeit der Zufügung der Strafe gezogen hat.

Auf die so eben angedeuteten speciellen Fragen geht er nämlich sehr ausführlich ein, so dass er sagen zu dürfen glaubt, er hoffe bei diesem schwierigen und dunkeln Gegenstande nichts wesentliches übergangen zu haben (a. a. O. § 37). Er wirft zuvörderst die Frage auf (a. a. O. § 18, 1): *sintne omnes actus vitiosi tales, ut puniri ab hominibus possint.* Für nicht strafbar erklärt er hier erstlich die *actus mere internos,* wie wohl der Grund dafür, *quia naturae humanae non congruum est, ut ex actibus mere internis ius et obligatio inter homines nascatur,* gewiss nicht entscheidend ist; sodann *actus inevitabiles humanae naturae* (§ 19), für welche er mit grosser Milde ziemlich weite Grenzen zieht; endlich solche Handlungen, *quae nec directe nec indirecte spectant ad societatem humanam aut ad hominem alium* (§ 20); denn die Bestrafung solcher Handlungen würde, falls sie nicht pädagogisch wirken soll, für den Menschen gar keinen Nutzen haben und ist daher ebenso, wie die Bestrafung von Fehlern, deren Gegentheil sich nicht erzwingen lässt, Gott zu überlassen *).

---

*) Zu den Handlungen, *quae ad societatem humanam non spectant,* rechnet Grotius die Verbrechen gegen Gott nicht. Zwar erklärt er die Religion zunächst für ein Verhältniss des Menschen zu Gott; aber sie hat ihm als Grundlage der Gerechtigkeit eine wichtige Bedeutung für die Gesellschaft. Er widmet daher der Frage nach der Strafbarkeit der Verbrechen gegen Gott eine ausführliche Erörterung (a. a. O. § 44 bis zu Ende des Cap.). Die Strafbarkeit irreligiöser Handlungen beschränkt er auf die Verletzung der vier Fundamentalartikel aller Religion, die er § 45 ausdrücklich aufzählt (1, *Deum esse et esse unum;* 2, *Deum nihil esse eorum quae videntur, sed his aliquid sublimius;* 3, *a Deo curari res humanas et aequissimis arbitriis diiudicari;* 4, *eundem Deum esse opificem rerum omnium*), so wie auf die Verletzung der hieraus hervorgehenden Pflichten des Menschen gegen Gott. *Has notitias,* führt er § 46, 1 fort, *qui incipiunt tollere, coerceri posse arbitror nomine humanae societatis, quam sine probabili ratione violant.* Darum findet er aber nicht überall, wo diese Grundlagen der Religion nicht Glaube der Massen sind, Zwangsmittel und Strafen gerechtfertigt. *Sicut*

Bei der Beantwortung der Frage ferner: ob, wenn eine an sich strafbare That vorliegt, gestraft und in welchen Fällen die Strafe erlassen werden soll, unterscheidet er zwischen Strafen vor dem Gesetze und nach dem Gesetze (a. a. O. § 21). Strafen ohne ein vorausgegangenes Strafgesetz findet er durchaus nicht unzulässig, *quia naturaliter, qui deliquit, in eo statu est, ut puniri licite possit,* und weil er überhaupt die ganze Strafgewalt gar nicht ausschliessend und in dem Grade an den Staat bindet, dass erst ein vorausgegangenes Strafgesetz die Bestrafung offenbarer Bosheit rechtfertigen könnte. Ob aber die, wenn auch verdiente Strafe wirklich zugefügt werden soll, das macht er von der Verknüpfung der Zwecke, um deren willen gestraft wird, mit der Strafe abhängig. *Quare,* sagt er a. a. O. § 22, 1, *si fines illi per se morali aestimatione necessarii non sint aut alii fines ex opposito occurrant non minus utiles et necessarii, aut fines poenae propositi alia via obtineri possint, iam apparet nihil esse, quod ad poenam exigendam praecise obliget.* Grössere Schwierigkeiten habe die Erlassung der Strafen da, wo ein Strafgesetz vorhanden sei, *quia legis auctor aliquo modo legibus suis obligatur* (a. a. O. § 24). In sofern aber der Gesetzgeber die Gesetze aus zureichenden Gründen auch ausser Wirksamkeit setzen könne und weil bei der Zufügung der Strafe zweierlei zu beachten sei, die Grösse der Schuld (*meritum*) und die Wirkung der Strafe (*utilitas poenae*), so könne *intra meriti modum* die letztere Rücksicht eine Milderung oder Verschärfung der Strafe bedingen. Es liegt hierin schon, was § 29 ausdrücklich ausgesprochen wird, dass die Grösse der Schuld nicht nach der Grösse des zugefügten Übels und der Absicht des Handelnden zusammengenommen, sondern lediglich nach den Motiven, welche theils antrieben, theils abhalten konnten und sollten, und nach dem Verhält-

---

excusabiles sunt, sagt er § 47, 4, *et ab hominibus certe non puniendi, qui, cum legem a Deo proditam nullam acceperint, aut astrorum aut aliarum rerum naturalium virtutes aut spiritus colunt . . ., ita impiis magis, quam errantibus annumerandi sunt, qui ad cacodaemonas, quos tales esse norunt, aut vitiorum nomina, aut homines, quorum vita fuit flagitiis plena, divinis honoribus colere instituunt. Nec minus illi, qui deos colunt hominum innocentum sanguine.* Über die Verfolgungen der Heiden und Juden durch die Christen und der Christen unter einander spricht er sich § 48 ff. überaus ruhig und mild und in einer Weise aus, die im siebzehnten Jahrhundert noch nicht die gewöhnliche war. *Iustius,* setzt er § 51, 1 hinzu, *illi punientur, qui in eos, quos Deos putant, irreverentes aut irreligiosi sunt.*

nisse des Handelnden zu diesen Motiven zu bestimmen sei *). Eine
äusserliche, gleichsam mechanische Abmessung des Strafübels mit dem
durch das Verbrechen zugefügten Übel verwirft Grotius aus zwei
Gründen, erstlich weil es unbillig sein würde, dass der Schuldige und
Unschuldige in gleicher Gefahr sei (daher selbst geschärfte Todesstrafen
in gewissen Fällen nicht verwerflich seien), sodann weil dieselbe Strafe
von verschiedenen Personen sehr verschieden empfunden werde **);
zwei Gesichtspunkte, welche die neueren Strafrechtstheorien, wirkliche
Unbilligkeiten weniger fürchtend, als scheinbare, häufig aus dem Auge
verloren haben.

Es scheint nun nicht nöthig, im Einzelnen nachzuweisen, wie
Grotius dieselben Grundsätze im 21. Capitel auf die Lehre *de communi-
catione poenarum* anwendet. Die beiden Sätze, dass die Theilnahme am
Verbrechen auch die Strafe auf die Theilnehmer zieht, und dass die
Strafe nur den treffen dürfe, der mitverbrochen hat, sind hier der Natur
der Sache nach die leitenden Grundgedanken und namentlich der erste
wird durch einzelne wichtigere Fälle erläutert. Rücksichtlich des letzteren ist die § 9 aufgeworfene Frage befremdend: *an culpa non com-
municata communicetur poena?* Ganz unbedingt verneint Grotius diese
Frage nicht; unter andern erklärt er Güterconfiscationen, die nicht bloss
den Schuldigen, sondern auch Unschuldige treffen, nicht für unzulässig;
indessen ist er doch bemüht zu zeigen, dass nothwendige Folgen einer

---

*) *In merito examinanda veniunt causa, quae impulit, causa, quae retrahere de-
buit, et personae idoneitas ad utrumque.* Zu den Ursachen, welche abhalten sollten,
gehört auch die Grösse des zugefügten Übels (§ 30, 1). Das Verhältniss der Person
zu den Motiven fordert Berücksichtigung des Temperaments, des Alters, Geschlechts,
der sonstigen individuellen Umstände der That. *Omnino illud tenendum est,* heisst es
§ 31, 2, *quo animi eligentis iudicium magis impeditur, quoque magis causis naturalibus,
eo, quod delinquitur, minoris esse.*

*) a. a. O. § 32, 1. *Tenendum est, quod Pythagorici dicebant: iustitiam esse* τὸ
ἀντιπεπονθὸς *id est parem passionem in poenis, id non ita accipi debere, quasi qui alteri
nocuit deliberato et sine causis culpam valde minuentibus, tantundem nocumenti nec amplius ferre debeat . . . 2. Neque enim aequum est, ut par sit periculum innocentis et
nocentis . . Hoc inde quoque aestimari potest, quod delicta quaedam non consummata
et ideo consummatis minora, nocumentum infligant par cogitato, . . cui consequens est,
ut perfectis criminibus maior respondeat poena; sed quia morte nihil est gravius eaque
iterari non potest, ideo intra eam necessario consistitur, additis tamen interdum pro merito cruciatibus.* § 33. *Poenae magnitudo non tantum unde spectatur, sed eum respectu
ad patientem. Nam multa eadem pauperem onerabit, divitem non onerabit* u. s. w.

Strafe, die einen andern treffen als den Schuldigen, ebenso wenig
eigentliche Strafen sind, als Rechtsnachtheile, die aus verbindlichen
Rechtsgeschäften entstehen, ein Unrecht. *His distinctionibus positis*, sagt
er § 12, *dicemus neminem delicti immunem ob delictum alienum puniri
posse. Cuius rei ratio vera est, . . quia obligatio ad poenam ex merito
oritur; meritum autem est personale, quippe ex voluntate ortum habens,
qua nihil est magis nobis proprium**).

Dagegen ist die wichtige Frage noch übrig: wer strafen dürfe. In
Beziehung auf sie geht Grotius c. xx, § 2, 3 von dem Satze aus: *qui
punit ut recte puniat, ius habere debet ad puniendum.* Dieses Recht entsteht zwar *ex delicto nocentis; sed huius iuris subiectum*, fährt er § 3, 4
fort, *id est, cui ius debetur, per naturam ipsam determinatum non est. Dictat
enim ratio maleficium posse puniri, non autem, quis punire debeat, nisi
quod satis indicat natura, convenientissimum esse, ut id fiat ab eo, qui superior est, non tamen ut omnino hoc demonstret esse necessarium, nisi vox
superior eo sensu sumatur, ut is, qui male egit, eo ipso se quovis alio in-
feriorem censeatur fecisse.., cui consequens est, ut saltem ab aeque nocente
aeque nocens puniri non debeat.* Es sei daher an sich nicht schlechthin unzulässig, dass der Verletzte oder auch jeder Andere die Strafe zufüge **).
Wäre nun zu erwarten, dass jeder Einzelne, indem er das ihm oder
andern zugefügte Übel vergilt, sich ausschliessend von der Rücksicht auf
die Schranken leiten liesse, innerhalb deren die Strafe zulässig ist, so

---

*) In der *defensio fidei catholicae* c. iv hatten dogmatische Rücksichten den Grotius verleitet, diese Frage anders zu beantworten. Um die Bestrafung Christi für unsere
Schuld zu rechtfertigen, heisst es dort p. 53: *Non est simpliciter iniustum aut contra
naturam poenae, ut quis puniatur ob peccata aliena.* Der Beweis soll in Bibelstellen
liegen. Nur freiwillige Übernahme der Strafe für einen Andern wird verlangt. S. 56
heisst es dann noch: *Secundum rectam rationem essentiale quidem est poenae, ut infligatur ob peccatum, sed non ita essentiale ei est, ut infligatur ei, qui peccavit; idque ex
similitudine praemii, gratiae et ultionis manifestum est.* Man dürfe belohnen, wo kein
Verdienst sei (als ob eine solche Wohlthat noch Belohnung wäre). *Huic illud accedit,
quod si contra naturam esset poenae, infligi ei, qui non peccavit, iam hoc ipsum non
iniustum esset dicendum, sed impossibile* (als ob die sittliche Zulässigkeit von der physischen Möglichkeit abhinge).

**) a. a. O. § 8, 2. *Intra aequi terminos si dirigatur vindicta etiam privata, si ius
nudum naturae id est abductum a legibus divinis humanisque et ab his, quae non necessario rei accidunt, respicimus, non est illicita: sive fiat ab ipso qui laesus est, sive ab
alio, quando hominem ab homine adiuvari naturae est consentaneum;* vergl. § 9, 2.

möchte ihm auch diese Befugniss bleiben, wie sie ihm auch wirklich bleibe, wo keine andere Autorität für ihn eintreten kann *).

Aber nicht nur der Affect würde das Urtheil falsch bestimmen; auch die Feststellung des Thatbestandes und die Abwägung des Strafmasses verlangt mehr Kenntniss und vielseitigere Überlegung, als von jedem beliebigen Einzelnen erwartet werden kann; unbillige Urtheile würden nur zu neuen Streitigkeiten Anlass geben; und deshalb ist es nothwendig, die Untersuchung der Strafbarkeit und die Zufügung der Strafe einem Willen zu überlassen, von dem sich ein gerechtes und billiges Urtheil erwarten lässt, also einer gesellschaftlichen Autorität, dem Gerichte **). Grotius überträgt jedoch diese auf die innere Bedeutung des Richteramts und die persönliche Befähigung der Richter gegründete Beschränkung der natürlichen Strafgewalt ziemlich schnell auf die, welche die Macht im Staate haben und spricht den Einzelnen die Ausübung der Strafgewalt nicht bloss aus den angeführten inneren Gründen, sondern auch wegen ihrer Unterwerfung unter eine höhere Gewalt ab. *Libertas, humanae societati per poenas consulendi*, sagt er a. a. O. § 40, 1, *quae initio apud singulos fuerat, civitatibus ac iudiciis institutis penes summas potestates resedit; non proprie quia aliis imperant, sed quia nemini parent. Nam subiectio id ius aliis abstulit ***)*; ja er räumt dem Machthaber als solchem sogar eine Gewalt über die Gesetze selbst ein †).

Dieser letzte Punkt führt nun noch zu der Frage, wie sich bei Grotius die Lehre vom Staate gestaltet. Indessen muss in Beziehung auf diesen Gegenstand sogleich bemerkt werden, dass gerade ihn Grotius nur ganz flüchtig und fragmentarisch behandelt und dass er eigentlich nur ein einziges Verhältniss im Staate sorgfältiger ins Auge fasst, näm-

---

*) a. a. O. § 8, 5. *Manet vetus naturalis libertas primum in locis, ubi nulla iudicia sunt* u. s. w.; vergl. § 9, 5. 6.

**) § 8, 4. § 9, 4. *placuit hominum iustis communitatibus eos deligere, quos optimos ac prudentissinos putarent aut fore sperarent.*

***) Derselbe Gedanke, dass der Höhere, Mächtigere als solcher strafen dürfe, wird auch in der Abhandlung *de satisfactione* (c. ii) weitläufig ausgeführt.

†) *De iure b. e. p.* l. II, c. xx, § 24, 1. (*Legis auctorem aliquo modo legibus suis obligari*) *hoc dicimus verum esse, quatenus auctor legis ut pars civitatis spectatur, non qua civitatis ipsius personam atque auctoritatem sustinet. Nam qua talis est, potest legem etiam totam tollere, quia legis humanae natura est, ut a voluntate humana pendeat non in origine tantum, sed et in duratione. Non debet tamen legis auctor legem tollere sine probabili causa, peccaturus alioqui in regulas iustitiae gubernatricis.*

lich das der obersten Gewalt im Staate zu den Unterthanen. Von einer
nur einigermassen systematisch angelegten Untersuchung über den
Ursprung und das Wesen des Staats, gleichviel, ob man ihn als ethische Aufgabe oder als Naturproduct, als Gegenstand der Pflicht oder
als Werk der Nothwendigkeit betrachte, von einer Analyse seiner Ele-
mente, einer Bestimmung der Art ihres Zusammenwirkens, von einer
Erörterung über das Verhältniss des Staatsganzen zu seinen Theilen,
über die Verschiedenheit seiner Functionen und Organe sind bei ihm
kaum Spuren zu entdecken, und die Äusserungen, die über den einen
oder den andern Gegenstand des innern Staatsrechts und der Politik
vorkommen, sind nur gelegentlich und fragmentarisch. Ohne den
Unterschied dessen, was er *societas* nennt. von dem Staate (*civitas*) genauer zu bestimmen, definiert er den letzteren (l. I, c. 1, § 14, 1) bei
Gelegenheit der Erwähnung des *ius civile*, als *coetus perfectus liberorum
hominum iuris fruendi et communis utilitatis causa sociatus*. Dabei hebt
er, obwohl die Ansicht bei ihm durchblickt, der Staat sei das Erzeug-
niss eines Wollens, welches die Einzelnen auch hätten unterlassen können, wenigstens das hervor, dass das Band der Staatsgesellschaft, einmal geknüpft, den Einzelnen fester binde, als jede andere beliebige
Vereinigung*). Sorgfältiger geht er, wie gesagt, zunächst nur auf den
Begriff der höchsten Gewalt im Staate ein, und dieses lediglich deshalb, weil der Begriff eines *bellum publicum* d. h. *eius, quod geritur
utrimque auctore eo, qui summam potestatem habet in civitate* (l. I, c. III,
§ 4, 1) ihn unmittelbar darauf hinführt. Der Umfang ihrer Befugnisse
beruht auf den Merkmalen des Staats, die diesem nicht fehlen dürfen,
wenn er den Namen eines Staats verdienen soll**). *Si quis recte partiri
velit,* fährt Grotius a. a. O. § 6, 2 fort, *facile, quae huc spectant, reperiet
omnia, ita ut nihil aut desit aut redundet. Nam qui civitatem regit, eam*

---

*) l. II, c. v, § 23. *Consociatio, qua multi patres familiarum in unum populum ac
civitatem coëunt, maximum dat ius corpori in partes, quia haec est perfectissima societas:
neque ulla est actio hominis externa, quae non ad hanc societatem aut per se spectet aut
ex circumstantiis spectare possit.* a. a. O. c. VI, § 4. *Qui in civitatem coëunt, societatem
quandam contrahunt perpetuam et immortalem, ratione partium quae integrantes dicuntur.*
Auf die Inconsequenzen, die sich Grotius in dem weitern Verlauf dieser letzteren Stelle
hat zu Schulden kommen lassen, hat schon Gronov in seinem Commentare aufmerksam
gemacht.

**) Es sind die von Thukydides bezeichneten, dass der Staat sei αὐτόνομος, αὐτο-
δικος, αὐτοτελής; l. I, c. III, § 6, 1.

partim per se, partim per alios regit. Per se autem versatur aut circa universalia aut circa singularia. Circa universalia versatur condendo leges easque tollendo (die aristotelische ἀρχιτεκτονική). *Singularia, circa quae versatur, sunt aut directe publica, aut privata quidem, sed quatenus ad publicum ordinantur. Directe publica sunt actiones* (das Recht des Kriegs und Friedens, der Bündnisse) *aut res* (Besteuerung, Obereigenthum des Staat; diese Befugnisse bezeichne Aristoteles durch die πολιτική und βουλευτική). *Privata sunt res controversae inter singulos, quos publica auctoritate dirimi publicae quietis interest* (richterliche Gewalt, δικαστική). *Quae per alterum expediuntur, ea expediuntur aut per magistratus, aut per alios curatores* (z. B. Gesandte). Der Träger, das Subject dieser Befugnisse, ist zwar im allgemeinen der Staat selbst; aber ausgeübt können nen sie nur durch eine oder mehre bestimmte Personen werden; über das letztere entscheiden die Gesetze und Sitten der einzelnen Völker*).

Der hierin liegende Gedanke, dass die Befugnisse der höchsten Gewalt von der Beziehung auf das Ganze des Staats nicht losgelöst werden sollen, wird jedoch von Grotius keineswegs streng festgehalten; vielmehr beeilt er sich, der Lehre von der Volkssouveränetät gegenüber die rechtliche Möglichkeit einer absoluten Gewalt des Machthabers zu vertheidigen. Gegen die Meinung derer nämlich, *qui ubique et sine exceptione summam potestatem esse volunt populi, ita ut et reges, quotiescunque imperio suo male utuntur, et coërcere et punire liceat* (a. a. O. § 8, 1), macht er zwei Gründe geltend. Zuvörderst die Möglichkeit, dass ein Volk freiwillig einem Herrscher sich unbedingt unterwerfen könne**); und zweitens das Recht der Eroberung in einem übrigens gerechten

---

*) a. a. O. § 7, 1—3. *Haec summa potestas quod subiectum habeat videamus. Subiectum aliud est commune, aliud proprium; ut visus subiectum commune est corpus, proprium oculus, ita summae potestatis subiectum commune est civitas, . . . proprium est persona una pluresve, pro cuiusque gentis legibus ac moribus.*

**) a. a. O. § 8, 1. 2. *Licet homini cuique se in privatam servitutem cui velit addicere; . . quidni ergo populo sui iuris liceat se uni cuipiam aut pluribus ita addicere, ut regendi sui ius in eum plane transscribat, nulla eius iuris parte retenta . . . Sicut multa sunt vivendi genera, alterum altero praestantius, et cuique liberum est, ex tot generibus id eligere quod ipsi placet, ita populus eligere potest qualem vult gubernationis formam; neque ex praestantia huius vel illius formae, qua de re diversa sunt diversorum iudicia, sed ex voluntate ius metiendum est.* In dem folgenden führt er verschiedenartige Ursachen an, die ein Volk möglicherweise zu einer solchen Unterwerfung bestimmen können.

Kriege *). In beiden Fällen erwirbt der Herrscher, gleichviel ob er ein Einzelner, oder ein herrschender Stand, oder ein herrschendes Volk ist, das *imperium* als eine Art vollständigen Privateigenthums; er hat die Befugniss, Gesetze zu geben und aufzuheben, ist niemand verantwortlich und kann über den Staat als sein *patrimonium* ungehemmt verfügen. Bei der Widerlegung der Gründe für die entgegengesetzte Ansicht (a. a. O. § 8, 13 ff.) bestreitet er unter andern die allgemeine Gültigkeit des Satzes: *regimen omne eorum, qui reguntur, non qui regunt, causa esse paratum;* ebenso wenig lasse sich allgemein und ohne Ausnahme das Verhältniss zwischen dem Herrscher und den Beherrschten als ein Act gegenseitiger Unterwerfung auffassen, *ut populus universus regi recte imperanti parere debeat, rex autem male imperans populo subiiciatur* (a. a. O. § 9); denn allgemeine Urtheile über gerechte und ungerechte Regierung, auf welche sich jede der Parteien je nach Umständen berufen würde, reichten hier nicht aus und würden nur zur Verwirrung führen; würde aber die Macht wirklich getheilt und die Grenzen genau bestimmt, so sei dies eine andere Staatsform. Überhaupt tröstet er sich über die Nachtheile, welche die unbedingte Machtvollkommenheit der Herrschenden mit sich führen könne, mit dem Satze: *qualemcunque formam gubernationis animo finxeris, nunquam incommodis et periculis carebis **).*

Man wird gern zugeben, dass Grotius in dieser ganzen Betrachtungsweise ziemlich befangen ist, und seine Erklärer, namentlich J. Fr. Gronov, haben gerade diesen Theil seines Werks zum Gegenstand einer scharfen Kritik gemacht. Begreiflich aber werden die angeführten Bestimmungen, wenn man sich erinnert, dass Grotius zu einer Zeit schrieb, in welcher der mittelalterliche Patrimonialstaat, dieses Aggregat von Privatwirthschaften, deren jede ein privatrechtlich abgeschlossenes Rechtsgebiet bezeichnete und deren Zusammenhang mit der höchsten Gewalt nur ein sehr lockerer war, dem Absolutismus der in der Person des Monarchen verkörperten Staatsidee zum grösseren Theile zum Opfer gefallen war. Grotius fühlt daher auf der einen Seite das Bedürf-

---

*) a. a. O. § 8, 6. *Bello iusto, sicut acquiri potest dominium privatum, ita et dominium civile sive ius regendi aliunde non pendens. Neque vero haec tantum pro unius imperio, ubi id receptum est, conservando dicta conseri debent; nam idem ius eademque ratio est procerum, qui plebe exclusa civitatem regunt.*

**) a. a. O. § 8, 1. § 17, 2. *in civilibus nihil est, quod omni ex parte incommodis carebat.*

niss, den Begriff des Staats über die Grenzen einer bloss privatrecht-
lichen Vereinigung hinaus zu erweitern; und doch bleiben privatrechtliche Normen ihm für die Stellung und Berechtigung der obersten Gewalt im Staate massgebend, und deshalb trägt er kein Bedenken, die
Befugnisse der höchsten Gewalt, die im Begriffe des reinen Patrimonial-
staats liegen, mit einer gewissen Vorliebe zu entwickeln, und beruft
sich durchgehends bei allen hierher gehörigen Fragen. insofern er sie
überhaupt berührt (wie z. B. die Vererbung und Veräusserung) auf
privatrechtliche Analogien.

Gleichwohl würde es falsch sein, wenn man ihm die Ansicht
unterlegen wollte, als sei der Patrimonialstaat mit unbeschränkter Machtvollkommenheit des Herrschers die einzige rechtlich mögliche und zu-
lässige Staatsform, oder als sei er so gleichgültig gegen den möglichen
Missbrauch der Gewalt, wie die wiederholte Erinnerung an die Unver-
meidlichkeit einiger Nachtheile bei jeder Form der Herrschaft vermuthen lassen könnte. Den ersten Punkt anlangend will er eigentlich nur
die rechtliche Möglichkeit der Form der Herrschaft beweisen, *ubi imperium pleno iure proprietatis possidetur;* aber da die Befugnisse der
höchsten Gewalt sich, allgemein betrachtet, nach der Art des Rechtstitel richten, auf welchem sie beruht *), so ist es rechtlich eben so möglich, dass die Herrschaft durch den Willen des Volks übertragen und
diese Übertragung an solche Bedingungen und Schranken gebunden
werde, dass die Befugnisse, welche der Begriff des *patrimonium* ein-
schliesst, wegfallen. Theilung der Gewalt, obgleich auch sie ihre Nachtheile hat, ist rechtlich möglich **); namentlich gehört hierher die Art

---

*) a. a. O. § 11, 1. *Alii habent iure pleno proprietatis, alii iure usu fructuario,
alii iure temporario. Ita summum imperium dictator Romanus habebat iure temporario;
reges tam qui primi eliguntur, quam qui electis legitimo ordine succedunt, iure usu-
fructuario; at quidam reges pleno iure proprietatis, ut qui iusto bello imperium quaesi-
verunt aut in quorum ditionem populus aliquis ita se dedidit, ut nihil exciperetur.*

**) a. a. O. § 17, 1. *Notandum, quamquam summum imperium unum quiddam sit
ac per se indivisum, constans ex illis partibus, quas supra enumeravimus* (vergl. oben
S. 537 ff.) *addita summitate id est τῷ ἀνυπευθύνῳ, fieri tamen interdum, ut dividatur,
sive per partes quas vocant potentiales, sive per partes subiectivas . . . Sic fieri potest, ut
populus regem eligens quosdam actus sibi servet, alios autem regi deferat pleno iure; . . .
id fieri tunc intelligendum est, si aut expresse instituatur partitio, aut si quid populus ad-
huc liber futuro regi imperet per modum manentis praecepti, aut si quid additum, quo
intelligatur, regem cogi aut puniri posse . . . Ex coactione saltem paritas sequitur ac*

der ständischen Vertretung (*conventus eorum, qui populum in classes distributum referunt*), die nicht bloss ein erweiterter Staatsrath oder ein Organ ist, die Wünsche und Klagen der Unterthanen zur Kenntniss des Machthabers gelangen zu lassen, sondern welche das Recht hat, *de actis principis cognoscendi atque etiam leges praescribendi, quibus princeps teneatur* (a. a. O. § 10, 4).

Rücksichtlich des zweiten Punktes, des möglichen Missbrauchs der obersten Gewalt unterwirft er nicht nur die letztere allen Forderungen des Rechts und der Pflicht*), sondern er geht auch ausdrücklich auf die Frage nach dem Rechte des Widerstands gegen die widerrechtlichen Befehle derselben ein (l. I, c. iv). Die Befugniss zu einem passiven Widerstande gegen unsittliche und widerrechtliche Machtgebote ist ihm gar kein Gegenstand des Zweifels**). Die Frage nach dem Rechte eines activen Widerstands von Seiten einzelner Privatpersonen oder der Behörden, deren Macht selbst nur ein Ausfluss der höchsten Macht ist, beantwortet er zwar im allgemeinen verneinend, indem er gerade hier sorgfältig die Beschränkungen hervorhebt, denen das Recht der Selbsthülfe innerhalb des Staats unterworfen sei; aber er kann doch nicht umhin, § 7 die Frage aufzuwerfen: *an lex de non resistendo nos obliget in gravissimo et certissimo discrimine?* und obwohl er selbst die Ertragung des Äussersten, wie sie die verfolgten Christen den römischen Kaisern gegenüber übten, als die höchste sittliche Selbstüberwindung preist (§ 7, 15), so verneint er doch diese Frage nicht unbedingt. *Ferri enim,* sagt er § 7,2, *leges ab hominibus solent et debent cum sensu humanae imbecillitatis. Haec autem lex de qua agimus pendere videtur a voluntate eorum, qui se primum in societatem civilem consociant, a quibus ius porro ad imperantes manat. Hi vero si interrogarentur, an velint omnibus hoc onus imponere, ut mori praeoptent, quam ullo casu vim superiorum armis arcere, nescio, an velle se sint responsuri, nisi forte cum hoc additamento, si resisti nequeat, nisi cum maxima reipublicae perturbatione aut exitio plurimorum innocentium. Quod enim tali circumstantia caritas commendaret,*

---

proinde summitatis divisio. Vergl. das 7. Cap. des 2. Buches über die Vererbung und Veräusserung der Regierungsgewalt.

*) l. I, c. iii, § 16, 1. *Ad observationem iuris naturalis et divini omnes reges tenentur, etiamsi nihil promiserint.*

**) l. I, c. IV, § 1, 3. *Illud apud omnes bonos extra controversiam est, si quid imperent naturali iuri aut divinis praeceptis contrarium, non esse faciendum, quod iubent.*

id in legem quoque humanam deduci posse non dubito. Nur die Person des
Fürsten soll auch in einem solchen Falle geschont werden, in Worten
und Handlungen (§ 7, 6). Endlich, um keine Zweideutigkeit übrig zu
lassen, zählt er § 7 a. E. und § 8 — 14 ausdrücklich die Fälle auf, wo
der Widerstand eigentlich gar nicht unerlaubt genannt werden könne *).
Sie sind charakteristisch genug, um noch mit seinen eigenen Worten
angeführt zu werden. *Primum, qui principes sub populo sunt, sive ab
initio talem acceperunt potestatem, sive postea convenit, si peccent in leges
ac rempublicam, non tantum vi repelli possunt, sed, si opus sit, morte puniri . . . Secundo, si rex aut alius quis imperium abdicavit aut mani-
feste habet pro derelicto, in eum post id tempus omnia licent, quae in privatum. Sed minime pro derelicto habere rem censendus est, qui eam tractat
negligentius. Tertio . . . si rex reipsa tradere regnum aut subiicere mo-
liatur, quin ei resisti in hoc possit, non dubito. Aliud enim est imperium,
aliud habendi modus, qui ne mutetur obstare potest populus; id enim sub
imperio comprehensum non est. . . . Quarto, amittitur regnum, si rex
vere hostili animo in totius populi exitium feratur; consistere enim simul
non possunt voluntas imperandi et voluntas perdendi.* Bei einem Machthaber, der über ein Volk herrsche. sei aber, so lange er bei gesundem
Verstande sei, dieser Fall nicht wohl denkbar; herrsche er über mehrere Völker, so könne allerdings der Fall eintreten, dass er ein Volk
dem andern zu opfern die Absicht habe. *Sexto **), si rex partem habeat summi imperii, partem alteram populus aut Senatus, regi in partem
non suam involanti vis iusta opponi poterit. Quod locum habere censeo,
etiamsi dictum sit, belli potestatem penes regem fore. Id enim de bello ex-
terno intelligendum est: cum alioqui quisquis imperii summi partem habet,
non possit non ius habere eam partem tuendi; quod ubi fit, potest rex etiam
suam imperii partem belli iure amittere. Septimo, si in delatione imperii
dictum sit, ut certo eventu resisti regi possit, etiamsi eo pacto pars imperii
retenta censeri non possit, certe retenta est aliqua libertas naturalis et
exempta regio imperio.* Fasst man diese Fälle unter einen Gesichtspunkt
zusammen, so liegt ihnen der Gedanke zu Grunde, dass, wo die höchste
Macht die Bedingungen des Rechtszustandes beharrlich versagt, oder

---

*) § 7, 15. *Nunc quaedam sunt, quae lectorem monere debemus, ne putet in hanc
legem (de non resistendo) delinquere eos, qui revera non delinquunt.*

**) Der fünfte Fall (§ 12) gehört nicht hierher; er bezieht sich auf den Bruch der
Lehnstreue.

wo sie die Grundlagen d e s Rechtszustandes, auf welchem ihre eigene Befugniss beruht, gewaltsam angreift, dass da auch der gewaltsame Widerstand gegen sie kein Unrecht sei.

Zwischen den allgemeinen Principien der Rechtslehre oder — weil denn doch die Idee des Rechts selbst ursprünglich auf ethischem Gebiete liegt und die Entscheidung über das, was als Recht zu gelten v e r d i e n t, ohne die übrigen ethischen Ideen nicht vollständig bestimmt werden kann — zwischen den allgemeinen Principien der Ethik und der Anwendung derselben auf die verwickelten Verhältnisse des Staatslebens liegen jedoch so viele und verschiedenartige vermittelnde Begriffsreihen, dass die Darlegung einer Lehre, die sie ignoriert, immer nur einen fragmentarischen Versuch erblicken lassen würde; und es würde daher gerathen sein, diese Erörterungen abzubrechen, auch wenn Grotius die Lehre vom Staate besser vorbereitet oder weiter als bis zu dem bezeichneten Punkte verfolgt hätte. Blickt man rückwärts, so werden sich von selbst die Stellen darbieten, an welchen sich die späteren naturrechtlichen Lehren nicht nur von Grotius entfernt haben, sondern zum Theil selbst in eine ihm entgegengesetzte Richtung hineingerathen sind. Grotius ist daran nicht ohne alle Schuld; um sich seinem Zeitalter verständlich zu machen, vielleicht in der Erwartung, er werde von ihm ohnedies nicht missverstanden werden, hat er gerade an den wichtigsten Stellen stillschweigende Voraussetzungen nicht vermieden, seine Grundgedanken nicht hinlänglich von der verdunkelnden Wolke mannigfaltiger Beispiele und fremder Autoritäten losgelöst und vor allem diejenige scharfe und präcise Sonderung der Fundamentalbegriffe unterlassen, welche die unumgängliche Bedingung einer richtigen und fruchtbaren Verknüpfung derselben ist. Erlaubt man sich dagegen das, was er in der unbestimmten Ausdrucksweise seines Zeitalters oft nur andeutet, nicht selten ganz unausgesprochen lässt, in etwas bestimmtere Begriffe zu fassen, so lässt sich mit Übergehung dessen, was bei ihm selbst schwankend und unklar ist, der innerste Kern seiner Lehre vielleicht kurz in folgenden Sätzen bezeichnen.

Das Recht, als eine Norm für das Verhalten wollender Wesen zu einander, bezieht sich auf die wirklichen oder möglichen Conflicte derselben unter einander; es ist selbst eine Regel, die auf die Vermeidung und Schlichtung des Streits gerichtet ist. Dass der Streit missfalle, dass die sittliche Verurtheilung desselben die Grundlage der Autorität ist, die dem Rechte und allen dem zukommt, was auf die Bildung des Rechtszustandes abzielt, das liegt mittelbar in dem Nachdrucke, mit welchem er die *custodia societatis non qualiscunque, sed tranquillae et ordinatae* als die Aufgabe und den Beziehungspunkt alles Rechts bezeichnet *). Damit verbinden sich in zweiter Ordnung Rücksichten des Bedürfnisses, des Nutzens und der Noth, wenn man will, — indem ohne Anerkennung und Heilighaltung bestimmter Rechtsgrenzen der gesellige Verkehr der Menschen unter einander unmöglich wird. Die Forderung aber, dass das Recht überhaupt gestiftet, anerkannt und geachtet werde, ist über jede Willkür erhaben; sie bezeichnet eine sittliche Pflicht des Menschen als vernünftigen Wesens, die insofern in seiner Natur liegt. Für den Inhalt des Rechts, für das, w a s Recht sei, oder werden kann und soll, dafür giebt es verschiedene Gründe der Entscheidung. Ein sehr grosser Theil möglicher Rechtsbestimmungen bleibt dem Willen der dabei Betheiligten überlassen; sie bestimmen, was für sie nicht kraft eines einseitigen, sondern kraft eines zusammenstimmenden Wollens als Recht gelten soll; der Inhalt dieser Übereinkunft wird für sie verbindliche Kraft haben und zwar in dem Grade mehr oder weniger, als sich eine mehr oder weniger klare und unzweideutige Übereinkunft nachweisen lässt. Die Frage nach der Sanction und dem Schutze des Staats lässt Grotius dabei zunächst ziemlich unberührt; genug, dass die aus Zugeständnissen, welche einem zweiten Willen ausdrücklich oder stillschweigend gemacht worden sind, erwachsenden Verpflichtungen und Ansprüche für die Betheiligten selbst

---

*) «Dass vom Missfallen am Streite die Rechtslehre ausgehen muss, bezeugt Grotius, indem er nach Zurückweisung der Behauptung, der Nutzen sei die Quelle des Rechts, die ganze Abhandlung an die Betrachtung des Kriegs heftet. Er brauchte nicht zu sagen: der Streit missfällt; denn dies Missfallen belebt sein ganzes schönes Werk». (Herbart, Anal. Bel. des Naturr. u. d. Moral § 55.) Er sagt es aber auch ausdrücklich (l. II, c. xxv, § 11, 3: *bellum est res tam horrenda ut eam nisi summa necessitas aut vera caritas honestam efficere nequeat.* Kurz vorher nennt er die, welche das Kriegshandwerk um des Lohnes willen üben, *carnifice detestabiliores.* Nun bezeichnet zwar der Krieg ein Verhältniss, in welchem der Streit zu der höchsten Spitze äusserer Gewaltthätigkeiten fortschreitet; aber das wäre nicht möglich, wenn er nicht vorher und zugleich in der Tiefe der Gemüther vorhanden wäre, und ihm hier vorzubauen, ihn zu schlichten o h n e G e w a l t t h a t ist die Aufgabe des Rechts. Weist doch die Bezeichnung einer Rechtsverletzung als eines Friedensbruchs, die Nebeneinanderstellung der Ausdrücke Recht und Friede, rechtlos und friedlos auf die Beziehung zwischen beiden deutlich hin.

gelten. So wie aber die Willensbestimmungen der Einzelnen, die in ein Rechtsverhältniss zu einander treten, vielfach an die Rücksicht auf Naturverhältnisse und sittliche Gebote gebunden sind, welche ihnen selbst die Überlegung nahe legen, ob jeder beliebige Inhalt ihrer Übereinkunft sich diesen Rücksichten gegenüber werde rechtfertigen lassen, so entsteht auch für ein grösseres gesellschaftliches Ganzes, wie der Staat ist, der Anspruch, das System der Rechtsbestimmungen diesen natürlichen Ansprüchen und sittlichen Forderungen gemäss zu gestalten. In dieser doppelten Quelle liegen die Gründe für die Bestimmung dessen, was unabhängig von individueller Wahl und Entschliessung als Recht erkannt und geschützt zu werden verdient, obwohl Grotius gewöhnlich so spricht, als ob alles dies schon von Natur Recht sei, wodurch eben der Begriff des Rechts bei ihm in eine schwankende Unklarheit kommt. Aber indem er wenigstens für einen Theil dieser Bestimmungen die Möglichkeit einer verschiedenartigen Gestaltung, einen grösseren oder geringeren Grad und Umfang ihrer Angemessenheit an Naturbedürfnisse und sittliche Aufgaben zugesteht, verschliesst er sich wenigstens nicht principmässig dem Gedanken einer zeitlichen Entstehung und historischen Gestaltung des Rechts. Der Begriff desselben, in der reichen Mannichfaltigkeit seiner Beziehungen auf die rechtserzeugenden Willensbestimmungen der dabei Betheiligten, auf die besondere Beschaffenheit und Verflechtung der Natur- und Lebensverhältnisse und auf die sittlichen Normen, die der Entwickelung jedes Rechtszustandes zum Leitfaden dienen sollen, bleibt dabei, auch ohne Berufung auf angeborene Rechte, das Gleiche und Unveränderliche in dem beweglichen Wechsel besonderer Rechtsgestaltungen.

Berichtigung: S. 514 in der letzten Zeile des Textes ist statt «natürlich nicht nöthig» zu lesen «natürlich nöthig».